HOME IS THE SAILOR

帰ってきた船乗り人形

ルーマー・ゴッデン 作
おびか ゆうこ 訳
たかお ゆうこ 絵

ペンヘリグで生まれたマークに

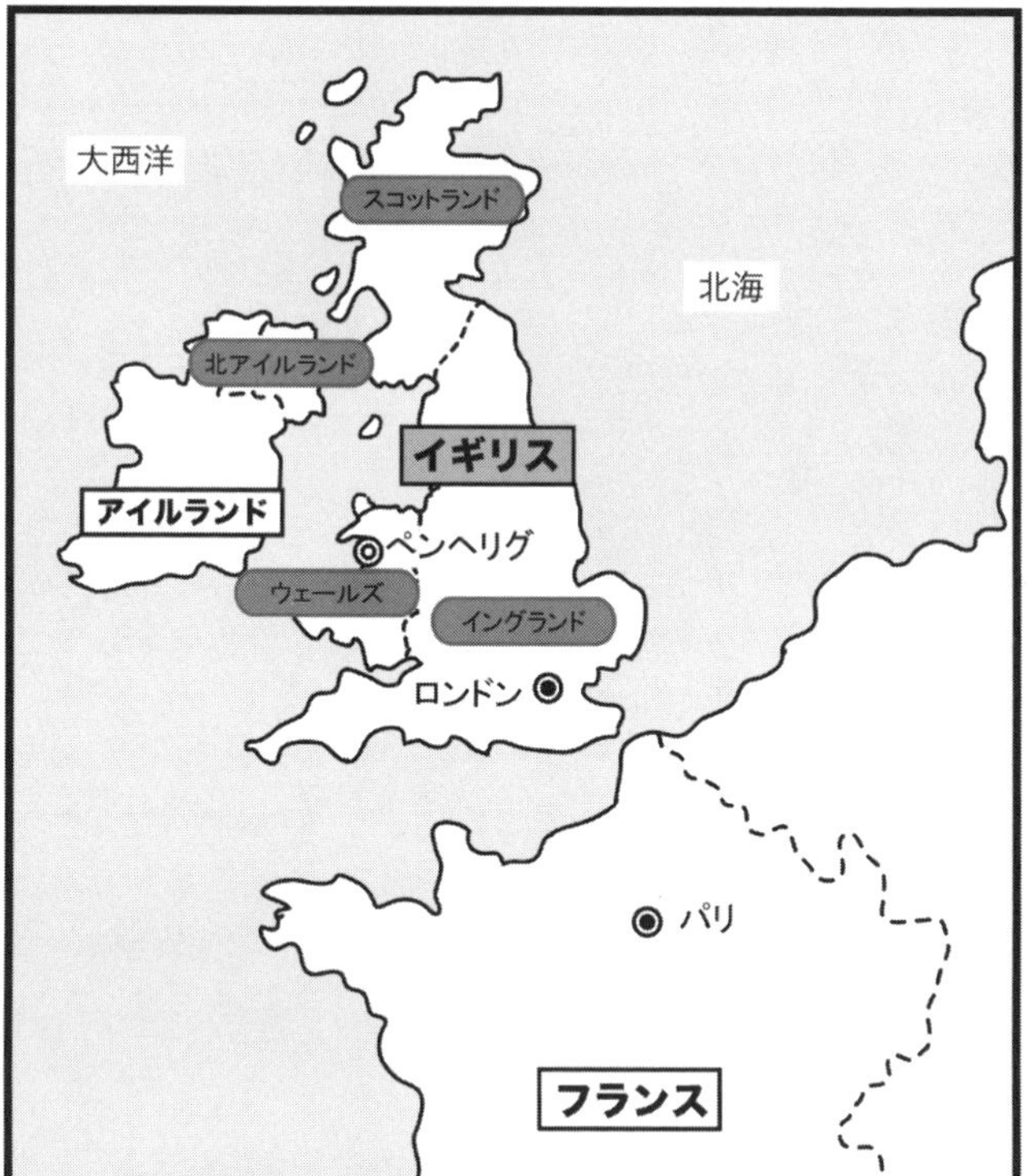
大西洋
スコットランド
北海
北アイルランド
イギリス
アイルランド
ペンヘリグ
ウェールズ
イングランド
ロンドン
パリ
フランス
南フランス

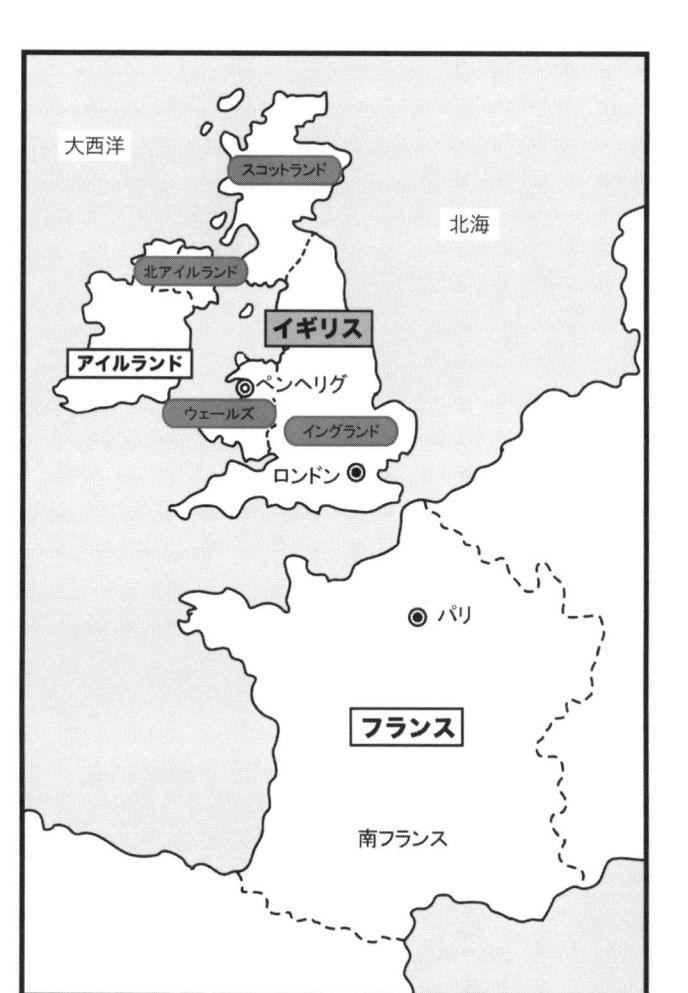

これは、シャーン・スルエリンという女の子と、シャーンの人形の家に住んでいる人形たちのお話です。

この人形の家には、おとなの男の人形はいませんでした。なのに、どういうわけか、家の中には、魚とりあみや、剣《けん》、角帽《かくぼう》といった、男の人形のためのものがありました。

魚とりあみは、細い針金《はりがね》の輪《わ》っかと、ヘアネットでこしらえたものでした。剣《けん》は、食堂《しょくどう》の暖炉《だんろ》の上のかべに、赤いもめん糸でつるされていて、角帽《かくぼう》は、玄関《げんかん》の帽子《ぼうし》かけにかけてあります。角帽《かくぼう》というのは、大学の先生が卒業式《そつぎょうしき》のときにかぶる、黒くて四角くて平たい、ふさのついた帽子《ぼうし》です。

つまり、以前《いぜん》はこの人形の家に、魚とりあみを使う海の男と、剣《けん》をこしにさした軍人《ぐんじん》、そして、角《かく》帽《ぼう》をかぶる大学の先生がいたのでしょう。でも、今住《す》んでいるのは女の人形ばかり。男といえば、たった一人、新入りの小さな男の子人形、カーリーがいるだけでした。

「まったく、もう。石炭を運《はこ》んだり、まきを割《わ》ったりしてくれる男手《おとこで》もないんだから」と、人形の家の使用人、メイド人形のモレロがもんくを言いました。

でも、人形の家に石炭を運《はこ》ぶ必要《ひつよう》はありません。暖炉《だんろ》には、炎《ほのお》に見立《みた》てた、てかてかした赤い紙が貼《は》ってありましたから、いつも赤々ともえているように見えました。それに、小さなブリキの石炭入れには、のりでくっつけた石炭がいっぱい入っていましたし、たきつけに使うまきは、シャーンが用意してくれます。はさみでマッチの頭を切りとって、細いじくをこまかく切れば、たきつけのできあがりです。シャーンは、マッチ棒《ぼう》のたきつけがかごの中にたっぷり入っているように、ちゃんと気をつけていました。

「もしたきつけがなくなったとしても、シャーンがすぐにまた作ってくれるわよ」と、ドーラが、メイドのモレロに言いました。ドーラは、人形の家の子どもたちの中で、いちばん年上のお姉《ねえ》さん人形です。

それでも、モレロは、またもんくを言いました。

「あー、いやだいやだ。男手《おとこで》がないと、手押《てお》し車《ぐるま》も押《お》してもらえやしない！」

でも、そもそも人形の家には庭がないのですから、手《て》押《お》し車《ぐるま》を押《お》すことなどないのです。シャーンは、人形の家のまわりに小さな貝殻《かいがら》をならべ、小道や花壇《かだん》のふちどりのつもりにしていましたが、それだっていつも置いてあるわけではありません。スルエリン家の使用人、メイドのブロドウェン・オーエンさんが、何日かおきに、おやしきの子ども部屋をそうじするたび、シャーンは、いちいち貝殻《かいがら》をかたづけなくてはなりませんでした。

「ふん。そんなの、手《て》押《お》し車《ぐるま》を押《お》すのにくらべたら、たいした手間《てま》じゃありませんよ」と、モレロは言いました。

人形の家族《かぞく》の中で、いちばん下の子どもは赤んぼうのバブちゃんで、そのつぎに小さいのは、男の子人形のカーリーです。カーリーは、つい最近《さいきん》、この人形の家に来たばかりでした。シャーンのお姉《ねえ》さんのデビーが、旅行で行ったアメリカの人形博物館《はくぶつかん》で、カーリーを見つけて買ってきたのです。

「博物館《はくぶつかん》にいたときは、すっごくつまんなかったよ。だって、ガラスケースの中にずっと閉《と》じこめられていて、だあれも遊《あそ》んでくれなかったんだもん」と、カーリーは、お姉《ねえ》さん人形のドーラに言いました。『だれにも遊《あそ》んでもらえない』というのは、人形にとって、この世でいちばんつらいことなのです。

カーリーは、もとは博物館《はくぶつかん》の展示品《てんじひん》だったのですが、そのときは、ほかのいくつかの小さな人形といっしょに、売りに出されていました。デビーはカーリーを四ドル[*1]で買い、はるばるイギリスのウェールズまで、連《つ》れてきたのでした。

「ここへ来られて、よかった！」と、カーリーはうれしそうに言いました。


ウェールズというのは、シャーンの家族《かぞく》、スルエリン一家が暮《く》らしているイギリスの地方の名前です。ウェールズとイングランドは、となりどうしですが、住《す》んでいる人の顔形《かおかたち》も、話す言葉《ことば》も、ぜんぜんちがいます。ウェールズの人は、たいてい目の色も髪《かみ》の色も黒くて、メイドのブロドウェン・オーエンさんのように、とても早口のウェールズ語《ご》をしゃべります。スルエリン家の子どもたち、つまり、シャーンとデビーと、まん中の男の子ケネスは、学校では公用語《こうようご》の英語《えいご》を使っていましたが、ふだんはウェールズ語《ご》も話していました。

さて、カーリーは、ふわふわの綿《わた》に包《つつ》まれて、デビーのトランクの中に入れられ、海をわたり、ウェールズまでやって来ました。

「綿《わた》なんかなくたって、へっちゃらだったのになあ」と、カーリーは言います。たしかに、カーリーの体は、とてもがんじょうな陶器《とうき》でできていますから、ちょっとやそっとでこわれる心配はなさそうでした。

カーリーは、ついこのあいだ人形の家に来たばかりだというのに、もうすっかり、ほかの人形たちと仲《なか》よくなっていました。シャーンも、カーリーのことが、とても気に入っているようです。

「あたしたちのだれよりもね」と、ドーラは言いますが、べつに、ねたんでいるわけではありません。なにしろカーリーは、背《せ》たけが八センチたらずの、だれもが好《す》きにならずにはいられないような、ほんとうにかわいい、小さなお人形なのです。

「ぼくって、ずっと七歳《さい》なんだよ」と、カーリー。

カーリーの髪《かみ》は金色の巻《ま》き毛《げ》で、瞳《ひとみ》はきらきら光る、とてもきれいな青いガラス玉でした。陶器《とうき》の足には、白い靴下《くつした》と、ストラップのついた黒い靴《くつ》が絵の具で描《か》いてあります。そして、青い半ズボンと、セーラーカラーの青い水兵服《すいへいふく》を着ていました。

「だって、ぼくは水兵《すいへい》だもん！」と、カーリーは、いつも胸《むね》を張《は》って言います。

人形一家の名字《みょうじ》はローリーなので、カーリーは、イギリスの有名な探検家《たんけんか》、[*2]ウォルター・ローリー卿《きょう》にあやかって、自分の正式な名前は、カーリー・ウォルター・ローリーだ、というこ

＊1　アメリカのお金の単位。

＊2　イギリスの軍人・探検家《たんけんか》（一五五四?～一六一八）。当時、発見されて間《ま》がなかったアメリカ大陸を探検《たんけん》するなど、海の男として、有名だった。

とにしました。カーリーは、その名前を名乗りたくてしかたがありません。

「ローリー卿《きょう》も、海の男だったんだよ！」

さて、はじめにお話ししたように、この人形の家に住んでいるのは、カーリー以外《いがい》は、すべて女の人形でした。

いちばん古くからいるのは、人形一家のお母さんのローリー夫人《ふじん》です。ローリー夫人《ふじん》は、背《せ》たけが十二センチほどある、すらりとしたお人形で、顔と手足の先は、磁器《じき》という、すべすべした、とてもきめのこまかいせとものですが、胴体《どうたい》は布製《ぬのせい》で、中におがくずがつまっていました。磁器《じき》の頭には色がぬってあって、頭のてっぺんでひとまとめにした髪型《かみがた》になっています。

夫人《ふじん》が着ている、品《ひん》のある黒い絹《きぬ》のロングドレスには、花の種《たね》のように小さな金色のビーズがちりばめられていて、引きずるほど長いすそには、金のふち飾《かざ》りがついていました。でもこれは、六十年以上《いじょう》もまえに流行《はや》ったデザインです。

「そろそろ、新しい服に替《か》えてもらえたらいいのにね」と、カーリーは言いました。

大きな家に住んで、大家族《だいかぞく》のめんどうをみているローリー夫人《ふじん》には、やらなければならないことが山ほどあります。家族《かぞく》に必要《ひつよう》なものを注文したり、手紙を書いたり、請求書《せいきゅうしょ》を整理して、支払《しはら》いの計算をしたり。ほとんどいつも机《つくえ》にむかっている夫人《ふじん》のために、シャーンと、お姉《ねえ》さんのデビーは、びんせんを小さく切って、お人形用の封筒《ふうとう》や、家計簿《かけいぼ》を作ってあげました。

「こんなにたくさん仕事があって、ローリー夫人《ふじん》はかわいそうね」と、シャーンはデビーに言いました。

人形一家のいちばん上の娘《むすめ》、ドーラも、磁器《じき》のお人形です。ただ、ローリー夫人《ふじん》とちがって、頭と手足だけでなく、胴体《どうたい》も磁器《じき》でできていました。頭には金髪《きんぱつ》と青いヘアバンドが描《か》かれていて、青い瞳《ひとみ》、青いワンピースとよくつりあっています。ワンピースの上には、綿《めん》のエプロンドレスと飾《かざ》り帯《おび》をつけていました。

ドーラは、居間《いま》でピアノを弾《ひ》くのが大好《だいす》きです。シャーンは、白と黒の紙で作った鍵盤《けんばん》の上にドーラの手をのせて、オルゴールを鳴らします。そうすると、ほんとうにドーラがピアノを弾《ひ》いている

ように見えました。

ドーラのすぐ下は、小さくてぽっちゃりした双子《ふたご》の女の子人形です。この双子《ふたご》人形は、磁器《じき》よりずっと厚《あつ》みのある、じょうぶな陶器《とうき》でできていました。もっともカーリーは、「ぼくのほうがじょうぶだよ」と言って、ゆずりませんでしたけれど。

双子《ふたご》の短《みじか》い足には、靴《くつ》と靴下《くつした》が、絵の具で描《か》いてありました。ピンク色のモスリンのワンピースを着て、髪《かみ》は長めのおかっぱ。目はカーリーと同じようにガラス玉ですが、瞳《ひとみ》の色は青ではなく、茶色です。双子《ふたご》は、いつもいっしょにいました。名前は、パールとオパール。どちらも宝石《ほうせき》の名前です。

末《すえ》っ子《こ》は、人形の家の子ども部屋にいる、バブちゃんです。バブちゃんも、ピンク色のやわらかい布《ぬの》でできていて、すその長い産着《うぶぎ》にもピンクのリボンがついていますから、女の子なのはたしかです。ローリー夫人《ふじん》の寝室《しんしつ》に置《お》いてあるバブちゃんのゆりかごも、ピンク色でした。

台所には、メイド人形のモレロがいます。モレロは背《せ》の高い人形

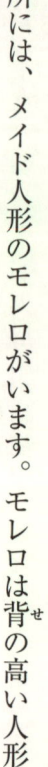

ですが、なんだかしゃきっとしていません。

「あの子には、おがくずがちゃんとつまっていないんですよ」と、ローリー夫人《ふじん》はみんなに言っていました。

モレロの白い陶器《とうき》の顔は、ほおのところが赤くぬられていて、鼻はつんと上をむいています。黒い瞳《ひとみ》も、かたくてつやつやした黒い髪《かみ》も、あとから色をつけたものでした。モレロというのは、黒い色のサクランボの種類《しゅるい》で、その実は、ちょっぴりにがい味がします。ですから、この人形にはまさにぴったりの名前でした。ほんとうに、モレロはもんくばかり言っていて、あまり感じのいい人形ではありません。

ローリー夫人《ふじん》は、「モレロの言うことを気にしちゃいけませんよ」と、いつもみんなに言い聞かせていました。

「あの子は、しめったおがくずをつめられてしまったんですよ。かわいそうに、それでひねくれてしまったんでしょう。とにかく、なにを言われても、ほうっておきなさい」

人形の家には、もう一人、子守係《こもりがかり》のメイドも

いました。ルイスさんという名前の、ウェールズ人形です。

　ルイスさんは、おもちゃ屋さんで売っているふつうの人形ではなく、ウェールズに来る観光客《かんこうきゃく》むけの、おみやげ用の人形です。ですからルイスさんは、ウェールズの民族《みんぞく》衣装《いしょう》を着ていました。まっ赤なスカートに、白いブラウスと黒いエプロン。ペイズリー柄《がら》の小ぶりなショールを肩《かた》にかけ、頭にはフリルのついた白いボンネットをつけて、その上に重ねるように、ウェールズ地方独特《どくとく》の、黒いとんがり帽子《ぼうし》をかぶっています。

「時代おくれの『サリーおばさん』みたい！」と、モレロはばかにして言いました。

『サリーおばさん』というのは、おまつりのとき、ゲームの的《まと》に使われる人形です。パイプをくわえたかかしのようなすがたをしていて、人々はパイプを地面に落とそうと、『サリーおばさん』めがけ、きそって棒《ぼう》きれを投げつけます。『サリーおばさん』といえば、ぶさいくときまっていましたから、そんなのに似《に》てるだなんて、ほんとうに失礼《しつれい》もいいところです。でも、ルイスさんは、モレロの言うことなど気にもとめませんでした。

　ルイスさんの体は、軽くてうすいセルロイドでできていました。ですから、強く押《お》されたり、暖房《だんぼう》

や太陽《たいよう》の光であたためられたりすると、まるで笑《わら》っているように、ペチペチッと音をたてます。セルロイドは、熱《ねつ》に弱いのです。

「この家に、一人だけでも笑《わら》う人形がいてよかった」と、カーリーは言いました。

たしかに、そう言いたくなるのも、むりはありません。なにしろ、ルイスさん以外《いがい》の人形は、みんなとても悲しそうなのです。こんなにすてきな人形の家に暮《く》らしているのに、いったいなぜでしょう？

カーリーは、いいことばかりをかぞえあげました。

「部屋が八つもあって、おもちゃも、本も、人形用のごちそうもいっぱいあって、戸棚《とだな》には人形サイズのワインが何本も入ってるし、石膏《せっこう》で作ったくだものだってあるよ。ふかふかの小さなベッドや、きれいな服もそろってて、なにより、いっしょに遊《あそ》んでくれるシャーンやデビーもいるじゃないか！　なのにどうして、みんな、悲しそうなの？」

中でもいちばん悲しそうなのは、子どもたちの家庭教師《きょうし》のシャーロット先生でした。

シャーロット先生は小柄《こがら》で、とてもきれいな若い

女の人形です。ローリー夫人《ふじん》と同じように、胴体《どうたい》はうすい布《ぬの》でしたが、顔と手足の先は磁器《じき》でできていました。ただ、夫人《ふじん》のほおはピンク色ですが、シャーロット先生の顔は、ほおにぬってあった色がすっかりはげ落ちてしまったらしく、まっ白でした。色白のシャーロット先生には、デビーがぬってあげたすみれ色のドレスが、よく似合《にあ》っています。

人形の家に必要《ひつよう》なぬいものは、たいていデビーがしていました。

「だけど、先生のドレスも時代おくれだよ。新しいドレスを、作ってもらえたらいいのにね」と、カーリーは言いました。

シャーロット先生はいつも、居間《いま》のテーブルの前にすわっています。テーブルの上には、人形用の教科書がたくさん置《お》いてありました。シャーロット先生はここで、人形の家の子どもたち、ドーラと、パールとオパールの勉強をみてあげているのです。

「これからは、カーリーも、先生に勉強をみてもらわなくちゃ。まだ小さいから、習《なら》わないといけないことが、いっぱいあるもんね」と、シャーンが言いました。

「ぼく、地理を勉強したいな。世界じゅうの海のことを、ぜんぶ知りたいんだ」と、カーリー。

けれどもシャーロット先生は、海のことなど、ぜんぜん教《おし》えてくれません。それどころか、なにひとつちゃんと教《おし》えてくれないので、勉強の時間はたいくつでした。

「シャーロット先生が悪いんじゃないの。先生は、ひとりぼっちで、さびしいのよ」お姉さん人形のドーラが、カーリーに言いました。

「どうしてひとりぼっちで、さびしいの?」と、カーリーはたずねました。

「先生だけ、うちの家族《かぞく》じゃないからよ」と、ドーラ。

「じゃあ、先生の家族《かぞく》は?」

「いないの」ドーラはため息をつき、それ以上《いじょう》のことは教《おし》えてくれませんでした。

カーリーは、シャーロット先生には、ほかにもおかしなところがあるのに気づいていました。先生は、船乗りがきらいらしいのです。

「船乗りがきらいなんて、ひどいよ!」と、カーリーは腹《はら》をたてました。

それだけでなく、シャーロット先生は、ドーラにこんなことを言いだしました。

「ねえ、カーリーのために、デビーとシャーンがチェックの巻《ま》きスカートを作ってくれますようにって、おねがいしましょうよ。ほら、スコットランド*の男の人がはいてる、キルトのことよ」

「やだよ。ぼくはスコットランド人じゃなくて、船乗りだよ。水兵《すいへい》なんだよ!」と、カーリーは言いました。

でも、シャーロット先生は、カーリーにかまわず、話をつづけました。

＊ イギリスの北部地域。イギリスは、北部のスコットランド、南西部のウェールズ、中央部のイングランドと、アイルランド島の一部で、一つの国を作っている。

「そうそう、スコットランドのお帽子《ぼうし》もいるわよね。ビロードのリボンで作ってもらったら、どうかしら」

「リボンのお帽子《ぼうし》？　ぼくは男の子なんだよ！」と、カーリー。

「スコットランドの男の人がかぶる帽子《ぼうし》のことよ。タモシャンターっていうの。女の子じゃなくて、男の人がかぶるものよ」と、ドーラがあわてて説明《せつめい》しました。

ドーラは、子どものすがたをしたお人形でしたが、もうかれこれ百年近くこの世に生きているので、もの知りなのです。「なんでも知っているわ」と、本人も言っています。

「カーリーがスコットランドの人みたいなかっこうをしたら、きっとかわいいわよ」と、シャーロット先生は言いはりました。

「かわいくなんか、なりたくないよ。スコットランド人になんか、なるもんか！　ぼくはほんものの、海の男になりたいんだ」と、カーリーは泣《な》きそうな声で言いました。

そして、カーリーが今にもわっと泣《な》きだしそうになったとき、「だったら、おねがいしてごらん」と、ルイスさんが言いました。

「おねがいしたら、なれるの？」カーリーは目を丸くしました。

「そうだよ。まずは、シャーンが望遠鏡《ぼうえんきょう》をのぞかせてくれますようにって、ねがってごらん」

人形の家の屋根の上には、鉄の手すりにかこまれた見晴《みは》らし台があります。望遠鏡《ぼうえんきょう》は台に固定《こてい》され、見晴《みは》らし台から海をながめられるように、置《お》いてありました。ミニチュアながら、真鍮《しんちゅう》でできた本格的《ほんかくてき》な望遠鏡《ぼうえんきょう》で、シャーンがいつもみがいているので、ぴかぴかです。

デビーとシャーンと、シャーンより三つ年上のお兄《にい》さんのケネスと、お父さんとお母さん、それに、メイドのブロドウェン・オーエンさんが暮《く》らしている、スルエリン家の大きなおやしきの屋根の上にも、人形の家のと同じような、見晴《みは》らし台と手すりがあります。でも、こちらは、なにもかもが人間用の大きさでした。むかしは、おやしきの見晴《みは》らし台の上にも望遠鏡《ぼうえんきょう》がありましたが、今はもうありません。

ウェールズの町の名前は、スラングリンとか、ケフナカムベルスとか、ペニアスイクハブとか、長くて言いにくいものばかりです。スルエリン一家が暮《く》らす町、ペンヘリグは、その中ではわりと言いやすいほうでした。

むかしむかしの大むかし、山と海にはさまれた風の強いこの町に、スルエリン家のおやしきをたてたのは、子どもたちのひいおじいさんです。

ペンヘリグの町の、山から海岸へとひな壇状《だんじょう》になった急斜面《きゅうしゃめん》には、スルエリン家のおやしきと同じような、背《せ》の高い家々が立ちならんでいます。斜面《しゃめん》にそって屋根が階段《かいだん》のようにつづいているので、上のほうの家の窓《まど》から小石を落とすと、下にある家の屋根から屋根へ、小石がコンコンころがり落ちていきそうでした。

でもスルエリン家のおやしきは、斜面《しゃめん》のいちばん下の海辺《うみべ》ぞいの道、『海岸通り』に面して立っています。ですから、シャーンやケネスが最上階《さいじょうかい》にある子ども部屋の窓《まど》から小石を落としたとしても、小石はそのまま海岸通りへころがっていくだけでしょう。

ペンヘリグの町の斜面《しゃめん》を走る通りは、どれも海岸通りに通《つう》じる急な坂道で、いつも強い風が吹いています。海岸通りの建物《たてもの》は山側《やまがわ》にあって、店もみんな、この通りぞいにありました。店の軒先《のきさき》には、針金《はりがね》のかごに入った赤いゼラニウムが飾《かざ》られています。

海岸通りの海側《うみがわ》には、広い遊歩道《ゆうほどう》がありました。車道と遊歩道《ゆうほどう》のあいだは、白黒の杭《くい》と黒いくさりで仕切られています。シャーンは、この黒いくさりの上にこしかけて、ブランコみたいにゆらすのが好《す》きでした。

石を組んで作った港《みなと》の埠頭《ふとう》には、毎日、汽船がやって来ます。汽船は、電車に乗る人を入江《いりえ》のむこう側《がわ》にある駅まで運ぶ、連絡船《れんらくせん》でした。

ペンヘリグの町がある入江《いりえ》は、川が海に流れこむ、大きな河口《かこう》にあります。岸辺《きしべ》には、あわい金色にかがやく砂浜《すなはま》が何キロにもわたってつづき、潮《しお》の満《み》ち干《ひ》に合わせて、波の音が、ザザザー、ザザザー、と聞こえてきました。

海は、この町の一部のようでした。波の音とカモメの鳴き声が、スルエリン家のおやしきのすみずみに、もちろん、子ども部屋の窓台《まどだい》の上に置《お》かれている人形の家の中にも、ひびきわたります。おやしきの窓台《まどだい》は、大きな人形の家を置《お》けるほど広くて、おくゆきがあるのです。

人形の家の窓《まど》から外をのぞくと、海岸通りも、埠頭《ふとう》も、とても小さく見えます。ですからカーリーは、外の景色《けしき》も人形と同じくらい小さいと、思いこんでいました。

「ぼく、いつかきっと海岸通りを歩いて、港《みなと》まで行くよ。あそこから船に乗って、海をわたるんだ！」

港《みなと》にある船のほとんどは、船乗り学校のものでした。ペンヘリグの町の中でカーリーがいちばん気に入っているのは、なんといっても、この船乗り学校です。カーリーの頭は、いつも船乗り学校のことでいっぱいでした。

カーリーだけでなく、シャーンのお兄《にい》さんのケネスも、船乗り学校にあこがれていました。船乗り学校の正式な名前は、海洋訓練学校《かいようくんれんがっこう》。航海術《こうかいじゅつ》を身につけながら、心と体をきたえる、男の子のための学校です。

「海のことを勉強するんだよ」とカーリーは言いますが、男の子たちは、もっと大切なこと――強くたくましくなることや、仲間《なかま》と力を合わせて仕事をすることも学びます。

「自分がどれほどのものか、ということもだぞ」と、スルエリン家のお父さんは言っていました。

「それって、自分の体が、おがくずなのか、うすい磁器《じき》なのか、ぶあつい陶器《とうき》なのかを知る、ってこと？」カーリーがたずねると、メイド人形のモレロは、ぷっと吹《ふ》き出《だ》しました。でも、どうして笑《わら》われたのか、カーリーにはぜんぜんわかりません。

船乗り学校は町のはずれにあるので、カーリーは、学校そのものを見たことはありませんでした。でも、毎朝、町の人たちがまだ朝《あさ》ごはんを食べているころ、海岸通りには、「いっち、に、いっち、に！　左《ひだり》、右《みぎ》、左、右！」という、船乗り学校の生徒《せいと》たちのかけ声と足音が、ひびきわたります。その音が聞こえると、カーリーは、班《はん》ごとに隊列《たいれつ》を組んで埠頭《ふとう》まで行進していく生徒《せいと》たちのすがたを、窓《まど》から見ることができました。

「いっち、に、いっち、に！　左《ひだり》、右《みぎ》、左、右！」と、それぞれの班《はん》の班長《はんちょう》さんが、列《れつ》の横を進みながら、歩調《ほちょう》がそろうよう声をかけています。

生徒《せいと》たちが埠頭《ふとう》に到着《とうちゃく》すると、旗《はた》が二本あがります。赤い竜《りゅう》のついたウェールズの旗《はた》と、左上にイギリス国旗《こっき》のユニオンジャックをあしらった、英国海軍《えいこくかいぐん》の予備艦旗《よびかんき》です。予備艦旗《よびかんき》は地色が青いので、青色軍艦旗《ぐんかんき》とも呼《よ》ばれていました。

シャーンは、カーリーの背《せ》たけにぴったり合うように、紙とマッチ棒《ぼう》で、青色軍艦旗《ぐんかんき》を作ってあげ

ました。それからというもの、カーリーはいつでもどこでも、夜寝《ね》るときでも、その旗《はた》をしっかりにぎっていました。そして、来る日も来る日も、人形の家の窓《まど》や見晴《みは》らし台の上から、船乗り学校の男の子たちが行進するのをながめていたのです。

「夏になったら、シャーンがあたしたちみんなを、砂浜《すなはま》へ連《つ》れていってくれるわ。そしたら、カーリー、魚《さかな》とりあみを使わせてもらえるかもしれないわよ」と、お姉《ねえ》さん人形のドーラが言いました。

「それって、なにに使うの？」

「エビをつかまえるのよ」

でも、カーリーは、エビがどんなものか知りませんでした。

人形の家のほかの人形たちは、みんな、砂浜《すなはま》へ行ったことがあります。夏になると、シャーンは、まえはお菓子《かし》入れだったピクニック用のバスケットを出して、中に人形用のままごとセットをつめこむと、人形たちを連《つ》れて、目の前の浜《はま》や、もう少し先にある砂丘《さきゅう》へ出かけるのです。シャーロット先生は、日焼《ひや》けをしたくないので、和紙でできた日傘《ひがさ》をさして行きました。ドーラは、あまりぎれを切って作った、つばの広い帽子《ぼうし》をかぶり、双子《ふたご》のパールとオパールはそれぞれ、小さなシャベルと、バケツに見立《みた》てた指ぬきを持ちました。メイドのモレロは、ぜったい雨がふりますからね、と言って雨傘《あまがさ》をかかえ、子守係《こもりがかり》のルイスさんは、肩《かた》かけにバブちゃんを産着《うぶぎ》ごと安全ピンでと

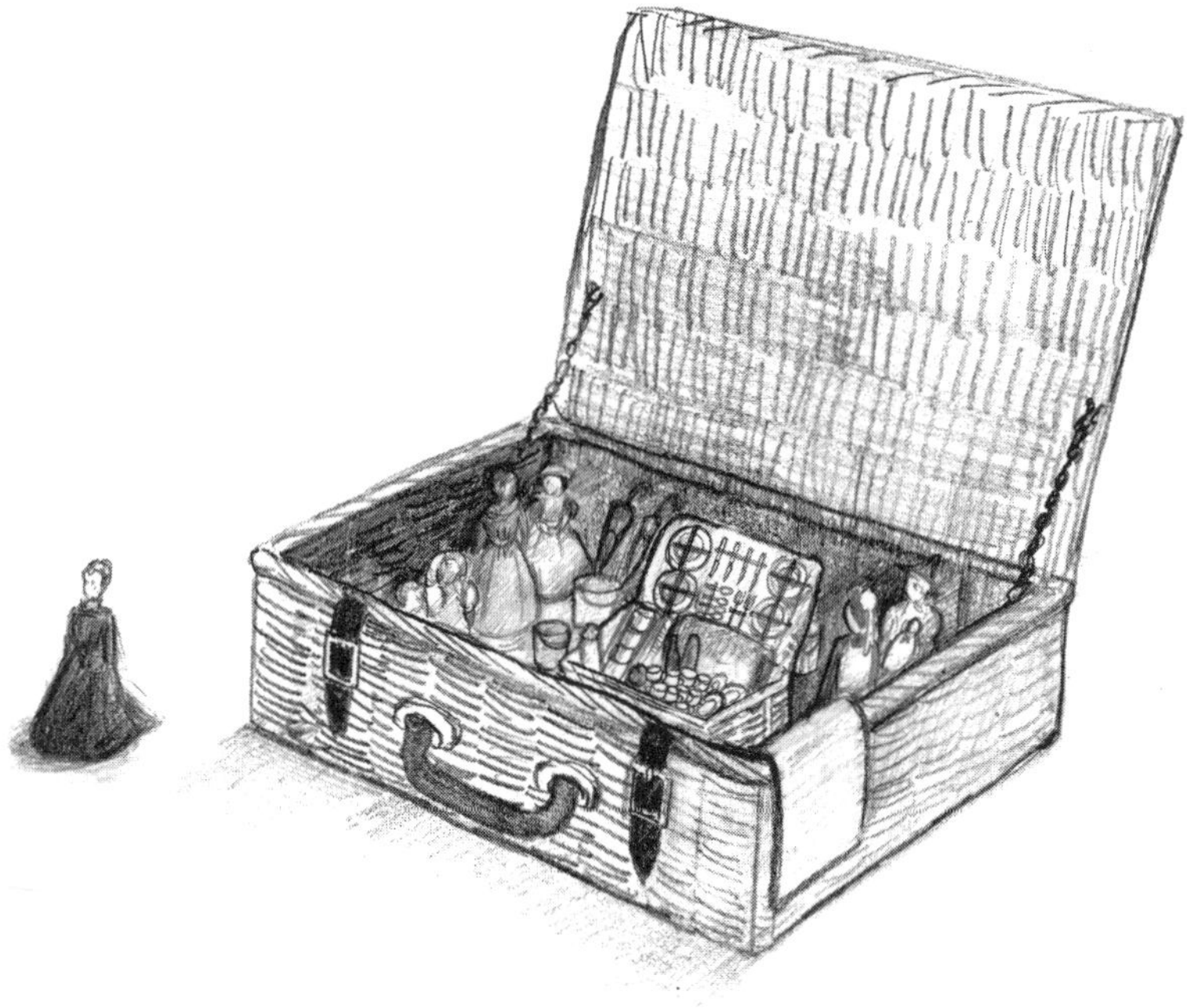

めて、連《つ》れていきました。

でも、一人だけ、ピクニックに行かないお人形がいました。ローリー夫人《ふじん》です。夫人《ふじん》だけは、砂浜《すなはま》へも、ほかのどんなピクニックへも、ぜったいに行こうとしませんでした。

「どうして？」と、カーリーがたずねました。

「しーっ、聞いちゃだめ」と、ドーラ。

「なんで、だめなの？」

「なんででも、だめなものは、だめ」

でも、どうして？　なんで？　カーリーは、ふしぎでしかたありません。

なぜ、ローリー夫人《ふじん》はピクニックへ行かないのでしょう？

この人形の家は大きくて、住んでいる人形の数《かず》も多いため、小さな女人形が主人となり、たった一人できりもりするのは、たいへんでした。カーリーがかぞえあげたとおり、部屋の数《かず》はぜんぶで八つ。下に四部屋、上に四部屋あります。家の中心に玄関《げんかん》ホールと階段《かいだん》があって、一階《かい》は玄関《げんかん》の両側《りょうがわ》にふた部屋ずつ、二階《かい》は、おどり場をはさんでこれも両側《りょうがわ》にふた部屋ずつ、横にならんでいました。

一階《かい》の応接間《おうせつま》では、ローリー夫人《ふじん》が、机《つくえ》にむかって仕事をしています。夫人《ふじん》の机《つくえ》は本棚《ほんだな》つきで、そこにはシェイクスピア[*1]の作品や、ジョン・R《アール》・グリーン[*2]の『イギリス国民の歴史《れきし》』などの本が、ずらりとならんでいました。どの本も、大きさは三センチたらずですが、ちゃんと開《ひら》くことができますし、ページもめくれます。

応接間《おうせつま》のいすには、それぞれ、うすもも色の絹地《きぬじ》のカバーがかかっていて、小さなびょうでしっかりとめてありました。ほかにソファーが一つと、その横には、おそろいの足のせ台、ブリキの炉格子《ろごうし》のある暖炉《だんろ》と、その上には、ガラスのおわんをふせたようなカバーがついた時計。そして、どの人形の家にもあるような、誕生日《たんじょうび》のケーキ用のろうそくを使うランプが二つありました。

応接間《おうせつま》のかべには、ビーズの飾《かざ》りがついたきれいなひもがついていて、ひっぱると、台所にある小さなベルがリンリン鳴るしくみになっています。シャーンはおもしろがって、しょっちゅうひもを引いてみるのですが、メイド人形のモレロは、やって来たためしがありません。

応接間《おうせつま》のとなりにある居間《いま》では、シャーロット先生がテーブルの上に教科書を広げ、オルゴールがウェールズ民謡《みんよう》の『アベダビの鐘《かね》』を奏《かな》でるのに合わせて、ドーラがピアノの練習をします。『アベダビの鐘《かね》』は、ドーラおとくいの曲です。美しいメロディーが、家じゅうにひびきわたりました。

「ドーラはピアノが上手《じょうず》だねえ」とルイスさんがほめると、モレロは、「ふん。そのうちオルゴールがとまれば、ピアノもおしまいですよ」と、水をさしました。

玄関《げんかん》をはさんで、つぎの部屋は、食堂《しょくどう》です。

食堂《しょくどう》の暖炉《だんろ》の上のかべには剣《けん》が飾《かざ》ってあって、床《ゆか》には、赤いネルのじゅうたんがしきつめられています。家具はどれも、ほんもののオーク材《ざい》でした。食器棚《しょっきだな》には、ミニチュアの赤ワイン用のグラスがひとそろいと、『ウィスキー』『ポートワイン』というラベルのついたボトルが一本ずつ、入っていました。テーブルの中央には、石膏《せっこう》でほんものそっくりに作られた、おいしそうなくだものがのったお皿があります。でも、ぜんぶお皿にくっついていますから、とって食べることはできません。

食堂《しょくどう》のとなりにある台所には、モレロだけでなく、メイドならだれでももんくは言えないくらい、

＊1　イギリスを代表する詩人・劇作家《げきさっか》（一五六四〜一六一六）。代表作に『ヴェニスの商人《しょうにん》』など。
＊2　イギリスの歴史家《れきしか》（一八三七〜八三）。

なにもかもがそろっていました。幅《はば》が五センチほどの水切り用のお皿立て、ナイフとフォークとスプーンがひとそろい、ほうきが一本、それに、ネズミとりまであるのです。豆粒《まめつぶ》くらいの白いネズミが一匹《ぴき》、すぐそばにいましたが、動かないので、つかまることはありません。

二階《かい》の天蓋《てんがい》つきベッドのある部屋は、ローリー夫人《ふじん》の寝室《しんしつ》です。

ベッドには、ピンク色の絹《きぬ》のカバーがかかっていて、床《ゆか》にはピンク色のビロードのじゅうたんがしいてありました。小さな鏡《きょう》台《だい》のもの入れの部分もピンクのビロード張《ば》りで、中にはガラスのびんや器《うつわ》がしまってあります。赤んぼうのバブちゃんが寝《ね》るピンク色のゆりかごも、この部屋にありまし

た。

そのとなりはシャーロット先生とドーラの寝室《しんしつ》で、この部屋は、なにもかもが水色でした。

階段《かいだん》をはさんで、つぎの部屋は子ども部屋です。

この部屋には、小さな貝殻《かいがら》をびっしり貼《は》りつけた衣装《いしょう》箱《ばこ》と、青いせともの洗面《せんめん》器《き》と水《みず》さしが置《お》かれた鏡台《きょうだい》、そして、双《ふた》子《ご》とカーリーのために、白い子ども用ベッドが三つ置《お》いてありました。高い炉格子《ろごうし》には洗濯物《せんたくもの》が干《ほ》しっぱなしで、床《ゆか》にはおもちゃや本がちらばっています。裁縫道具《さいほうどうぐ》を入れるかごの中には、ほんものそっくりに開《ひら》いたり閉《と》じたりするハサミも入っています。ルイスさんのゆりいすも、この部屋に

ありました。とても古いオーク材《ざい》で作られたいすで、ルイスさんによれば、「ウェールズ特産《とくさん》のオーク」なのだそうです。

子ども部屋のとなり、二階《かい》のはしには、もう一つ寝室《しんしつ》がありましたが、中はからっぽでした。使用人のルイスさんとモレロは、屋根裏部屋《やねうらべや》で眠《ねむ》ります。

人形の家の中央にある階段《かいだん》には、手すりがついていて、赤い綾織《あやお》りのじゅうたんが、二階《かい》のおどり場から玄関《げんかん》までしいてあります。階段《かいだん》が始まる一階《かい》の玄関《げんかん》ホールには、紙の文字盤《もじばん》がついた柱時計が置いてありました。スルエリン家のおやしきの玄関《げんかん》ホールにも、柱時計がありますが、こちらの文字《もじ》盤《ばん》は、もちろん紙ではありません。

人形の家の玄関《げんかん》ホールには、バブちゃんの乳母車《うばぐるま》もありました。階段《かいだん》の下にある戸棚《とだな》には魚とりあみがしまってあって、真鍮《しんちゅう》の傘立《かさた》てにはシャーロット先生の日傘《ひがさ》とモレロの雨傘《あまがさ》がさしてあり、帽《ぼう》子《し》かけには、双子《ふたご》のボンネットとドーラの大きな帽子《ぼうし》、そして、ふさのついた角帽《かくぼう》がならんでいました。

ところで、スルエリン家のひいおじいさんが、おやしきに見晴《みは》らし台を作ったのは、海や船、ときどき入江《いりえ》にまよいこんでくるイルカ、潮《しお》の満《み》ち干《ひ》、夜空の星など、いろいろなものを望遠鏡《ぼうえんきょう》で観察《かんさつ》するためでした。

「ひいおじいさんは、天文学者《てんもんがくしゃ》だったのよ」と、シャーンのお姉《ねえ》さんのデビーは言いました。そして、天文学《てんもんがく》というのは、星について勉強することなのよ、と、シャーンにもわかるように説明《せつめい》してくれました。

でも、スルエリン家のひいおじいさんは、もうこの世にはいませんし、大きな望遠鏡《ぼうえんきょう》も、なくなってしまいました。

人形一家のおじいさんも、角帽《かくぼう》をかぶっていたのですから、きっと学者だったにちがいありません。こちらのおじいさんは、とうのむかしに、こわれてしまいました。人形は死にはしませんけれど、こわれたり、行方不明《ゆくえふめい》になったり、ほかの家にもらわれたりして、いなくなってしまうことはあるのです。おじいさん人形はこわれてしまいましたけれど、人形の家の望遠鏡《ぼうえんきょう》は、なくなってはいませんでした。

カーリーは、望遠鏡《ぼうえんきょう》がとても気に入りました。ほんとうはどのくらい見えているのかよくわかりませんが、しょっちゅう青いガラスの目を片方《かたほう》、望遠鏡《ぼうえんきょう》にぴったり押《お》しつけて、人形の家が置《お》いてある子ども部屋の窓《まど》のむこうに広がる海を、ながめています。海に浮《う》かぶ汽船や、帆船《はんせん》をさがしているのでしょう。

「いつか、かならず海に出て、大きな船で航海《こうかい》するんだ！」

カーリーがそう言うと、シャーロット先生が悲鳴《ひめい》をあげました。

「いやよ、だめ！　もうだれも、海へなんか行かせやしないわ。さあ、望遠鏡《ぼうえんきょう》から離《はな》れてこっちへいらっしゃい！」

「シャーロット先生は、船乗りがきらいなんだね」と、カーリーは、お姉《ねえ》さん人形のドーラに言いました。

「しーっ、そんなこと言っちゃだめよ！」と、ドーラ。

どうしてだめなのでしょう？　カーリーには、わからないことだらけです。

「ローリー夫人《ふじん》はピクニックに行かないし、シャーロット先生は船乗りがきらいだし。ねえ、なんでなの？　わけを教《おし》えてよ」と、カーリーはドーラにたのみました。

「だめなものは、だめなのよ」

でも、冒険《ぼうけん》好《ず》きの小さな男の子人形に、「だめ」と言っても、むだでした。その子が船乗り人形なら、なおさらです。

「だめなんて、だめだよ。だってぼく、どうしても知りたいんだもん！」

角帽《かくぼう》をかぶっていたおじいさん人形のローリー教授《きょうじゅ》が、こわれてしまったということは、カーリーにもよくわかりました。でも、はっきりしているのはそれだけで、あとのことは、なにもかもがなぞでした。それに、おじいさんの息子《むすこ》で、剣《けん》をこしにさげていたはずのお父さん人形、つまり、ローリー夫人《ふじん》の夫《おっと》でもあるローリー大佐《たいさ》は、どこへ行ってしまったのでしょう？

カーリーがあんまりしつこく聞きたがるので、ドーラは、ある日とうとう、大佐《たいさ》は行方不明《ゆくえふめい》になってしまったのよ、と教《おし》えてあげました。

「行方不明《ゆくえふめい》に！　戦場《せんじょう》で？」

「いいえ、ピクニックでよ」と、ドーラは悲しそうに答《こた》えました。

そのとき、居間《いま》には、カーリーとドーラしかいませんでした。いつもなら、みんなで勉強する時間でしたが、シャーロット先生は、頭が痛《いた》くてベッドに横になっていたのです。

その日の朝、シャーロット先生の顔色がひどく悪いのに気づいたシャーンは、先生をベッドに寝《ね》かせて、切手みたいに小さなハンカチに香水《こうすい》をしみこませ、額《ひたい》にのせてあげました。ですから、ドーラも、パールとオパールも、カーリーも、勉強しなくていいことになったのです。

双子《ふたご》人形のパールとオパールは、貝殻《かいがら》にかこまれた庭で、輪《わ》っかころがしを始めました。ころがしている輪《わ》は、デビーとシャーンのためにインドから送られてきた、細いガラスの腕輪《うでわ》です。ルイスさんも庭に出て、バブちゃんの乳母車《うばぐるま》を押《お》していました。でも、ドーラとカーリーだけは、居間《いま》にのこっていたのです。

「ピクニックで？　そっか、だから、ローリー夫人《ふじん》はピクニックに行かないんだね。でも、えらい兵《へい》隊《たい》さんなのに、なんで大佐《たいさ》は、ピクニックで行方不明《ゆくえふめい》になんかなったの？　ねえ、おねがいだから、教《おし》えてよ。だめって言わないで。だって、ぼく、どうしても知りたいんだ」

そこで、ドーラはようやく口を開《ひら》きました。

「むかしむかし、シャーンがまだ、赤ちゃんだったころの話よ。そのころ、この人形の家は、シャーンのお姉《ねえ》さんのデビーのものだったの。ある夏の日、デビーが、ピクニックに行きましょうねって、あたしたちを海辺《うみべ》に連《つ》れていってくれて、みんないっしょに、砂丘《さきゅう》でお茶を飲《の》んだの。あの、思い出すのもおそろしい砂丘《さきゅう》で！」と、ドーラはふるえながらさけびました。

「おそろしいって、どういうこと？」カーリーは、胸《むね》がどきどきしてきました。

「いきなり強い風が吹《ふ》いて、砂《すな》がわーっと舞《ま》いあがったの。目にも鼻にも口にも砂《すな》が入ってしまって、しばらく話すことも、動くこともできなかったわ。ようやく目が開《あ》けられるようになって、あたりを見まわしたら、大佐《たいさ》だけが、いなくなっていたの。風に飛《と》ばされて、砂《すな》にうもれてしまったのね。デビーも、みんなも、ひっしで砂《すな》をほり返したけど、どんなにさがしても、大佐《たいさ》はそれっきり見つからなかったわ」

「それっきり！」カーリーは、ぞっとして、だまりこんでしまいました。

「大佐《たいさ》は、ほんとうにすてきなお人形だったのよ」と、ドーラは、はなをすすりながら言いました。

「かっこよくて、とても気さくなお父さまだった……髪《かみ》は栗色《くりいろ》で、口ひげをはやしていらしたわ」

口ひげをはやした人形はめったにいませんから、カーリーはすごいなあと思って、ローリー大佐《たいさ》のことをますます知りたくなりました。ドーラによると、大佐《たいさ》は、銀モールがついた深紅《しんく》の上着に、横にまっ赤な線が入った紺色《こんいろ》のズボンをはいていたそうです。

大佐《たいさ》の服の話になると、シャーンのお兄《にい》さんのケネスは、「軍人《ぐんじん》の服ってさ、ふつうはカーキ色のはずだろ」と言います。でも、むかしのえらい軍人《ぐんじん》は、みんなローリー大佐《たいさ》のような軍服《ぐんぷく》を着ていたのです。

「大佐《たいさ》が今もいたら、カーキ色の軍服《ぐんぷく》も作ってあげるのに」と、お姉さんのデビーは言いました。

でも、ローリー大佐《たいさ》はもういません。行方不明《ゆくえふめい》のままなのです。そして、大佐《たいさ》の剣《けん》だけが、今も食堂《しょくどう》の暖炉《だんろ》の上のかべに、かかっていました。

「ピクニックに、剣《けん》を持っていくはずないもんね」と、カーリー。

さて、帽子《ぼうし》かけにある角帽《かくぼう》と、剣《けん》のなぞはとけました。でも、魚とりあみを使っていたのは、だれなのでしょう？　どうして、二階《かい》のはしの部屋はからっぽなのでしょう？

「ねえ、シャーロット先生は、なんでしょっちゅう頭が痛《いた》くなるの？」カーリーには、わからないことだらけです。それに、なぜ先生は、あんなに船乗りをきらうのでしょう？

「ねえ、なんで？　なんで？　なんで？」

しかたなく、ドーラは、カーリーに話してあげることにしました。

「この家には、まえに、船乗りのお人形がいたのよ」

「船乗りの人形？　ぼくみたいな子？」

「あなたより年上で、もっと大きな人形よ」

「どのくらい大きいの？」と、カーリーは、うらやましそうにたずねました。

「十五センチはあったと思うわ」

「十五センチも！」なんと、カーリーの二倍《ばい》です。

「名前は？」

「トーマスよ」

「ふーん、なんだか海の男っぽくないなあ」と、カーリー。

「そんなことないわ。正式な名前は、トーマス・フッド・ローリーだもの。フッドっていうのは、有名な提督《ていとく》、つまり艦隊《かんたい》の司令官《しれいかん》の名前なのよ」

「すっごく有名な人？」

「ええ。その人にちなんで、フッド号っていう名前の軍艦《ぐんかん》もできたくらいよ。この家のトーマスはね、ただの船乗りじゃなくて、れっきとした海軍《かいぐん》の将校《しょうこう》だったの」

「へーえ」と、カーリーはため息のような声を出しました。

「トーマスは、ケネスの軍艦《ぐんかん》を指揮《しき》していたのよ」

ケネスの軍艦《ぐんかん》というのは、スルエリン家のおやしきのおどり場に飾《かざ》ってある、大きな駆逐艦《*くちくかん》の模型《もけい》のことです。人形の家よりも大きな船で、木製《もくせい》の台座《だいざ》にきっちり固定《こてい》され、特製《とくせい》のテーブルの上に置《お》かれていました。

船体は灰色《はいいろ》で、ブリッジの上には、二連装砲塔《にれんそうほうとう》が三基《き》、魚雷発射管《ぎょらいはっしゃかん》が十基《き》、煙突《えんとつ》とレーダーアンテナがたくさんついています。アンテナと砲塔《ほうとう》は、まわして向きを変《か》えることができました。さらに、無線《むせん》アンテナと、救命用《きゅうめいよう》ゴムボートも何艘《なんそう》か装備《そうび》されています。カーリーは、こういったむずかしい用語を、ぜんぶそらで言えました。

波のおだやかな日に、浜辺《はまべ》で駆逐艦《くちくかん》の模型《もけい》を浮《う》かべて遊《あそ》ぶときは、車輪《しゃりん》つきの専用台車《せんようだいしゃ》にのせて運《はこ》びます。この模型《もけい》は電動式で、じっさいに水の上を走らせることができました。

「トーマスがあの船の指揮官《しきかん》をしてたなんて、すごいなあ」と、カーリーはうっとりして言いました。

シャーンは、お兄《にい》さんのケネスに、「カーリーも駆逐艦《くちくかん》に乗せてあげて」と、たのんでみましたが、「こいつは、子ども用の水兵服《すいへいふく》を着た、ちび人形じゃないか」と、ばかにされ、相手にしてもらえませんでした。

＊ 小型《こがた》で速く走ることができる軍艦《ぐんかん》。

「ねえ、トーマスは軍服《ぐんぷく》を着てたんだよね？」と、カーリーはドーラにたずねました。

「ええ。将校《しょうこう》の軍服《ぐんぷく》を着ていたわ。金モールがついた上着に――」

「それって、ほんものの金？」

「もちろん。ほんものの金ボタンがついていたのよ」

「長ズボンだよね？」カーリーは、半ズボンをはかされていました。

「もちろん長ズボンよ。おとなの男人形だもの。だけどこれは、人形の家がまだデビーのものだったころの話なの。だから、シャーンはトーマスをおぼえていないのよ。トーマスはね、あたしたちのお兄《にい》さん人形だったの……」と、ドーラは悲しそうに言いました。

「だったら、ぼくにとっても、お兄《にい》さんってこと？」

「そう。あたしたちのお兄《にい》さんで、シャーロット先生の恋人《こいびと》だったのよ」

「こいびと？」

「だって、二人は結婚《けっこん》することになっていたんだもの」

「けっこん？」

「ええ、そうよ。シャーロット先生は、シャーンたちのお母さんが、こっとうひん屋さんで見つけて買ってきたお人形なの」

「こっとうひん屋さんって、なあに？」

「古くて、めずらしいものを売っているお店のことよ」

「シャーロット先生って、古くて、めずらしいの？」

「そうね。年は十八だけど、作られたのは、ずっとむかしだもの」

人形というのは、いくら時間がたっても、作られたときのまま、年をとらないものなのです。

「それに、シャーロット先生は、とてもきれいで、細工《さいく》がみごとでしょ。お母さんに気に入られて、ここに連れ《つ》てこられたとき、先生はほんとうにうれしそうだったわ。そのときデビーが思いついたの、先生とトーマスを結婚《けっこん》させようって。ウェディングドレスも用意したのよ。二階《かい》にある貝殻《かいがら》のついた衣装箱《いしょうばこ》に、ずっとしまったままになっているけど」

「へえ、ぼく、あの衣装箱《いしょうばこ》はからっぽだと思ってた」

「あの中に、ウェディングドレスがしまってあるの。シャーンのお母さんが、まっ白な絹地《きぬじ》でぬいあげたドレスよ。たしか、花嫁《はなよめ》のベールもあの中にあるはずだわ。すきとおるくらい細い糸で編《あ》んだベールなのよ」

「トーマスは結婚式《けっこんしき》に、なにを着ることになってたの？」と、カーリーはたずねました。カーリーは、トーマスのことが、うらやましくてしかたありません。

「いつもの軍服《ぐんぷく》よ。だけど、大佐《たいさ》の剣《けん》をこしにつけるようにって、ローリー夫人がトーマスに貸《か》してあげることになっていたの。子ども部屋にいる人形とぬ

いぐるみは、みんな式に招待《しょうたい》されていて、それはもう、とってもすてきな結婚式《けっこんしき》になるはずだったわ……」

ドーラは、話しつづけました。

「あたしは花嫁《はなよめ》のつきそい役で、パールとオパールは、お花を持って花嫁《はなよめ》の前を歩く花娘《フラワーガール》をすることになっていたの。ブロドウェン・オーエンさんは、ウェディングケーキを焼《や》いてくれてたわ」

「へー、ブロドウェン・オーエンさんも、いいとこあるんだね。でもさ、ハタキをかけるときは、あんなにばたばた、やらないでほしいよね。あたると痛《いた》いもん」と、カーリーは言いました。

ハタキは、人形にとって、ほこりの嵐《あらし》を巻《ま》きおこすものにしか思えないのです。

「そうね。あの人、ちょっとがさつで、せっかちなのよね。でも、あのときのケーキは、すばらしかったわ。すごく小さいのに、ちゃんと砂糖《さとう》ごろもが、かかっていたもの。トーマスが大佐《たいさ》の剣《けん》でケーキを切りわけることになっていたんだけど、けっきょく、そうはならなかったわ」

「じゃあ、ケーキはどうなったの？」と、カーリー。

「ケネスが食べちゃったんじゃないかしら。あのころは、ケネスもまだ小さな男の子だったのよ」

もちろんケネスにとっては、切らずにそのまま、ひと口でたいらげられる大きさでした。

「とってもすてきな結婚式《けっこんしき》になるはずだったのに……」

「どういうこと？　結婚式《けっこんしき》はどうなったの？　ねえ、なにがあったの？」

「トーマスは行ってしまったの。海のむこうへ……」

「トランクで？」

人形がどこか遠くへ行くときは、たいていトランクで運《はこ》ばれます。カーリーも、デビーのトランクに入れられて、アメリカからウェールズへやって来ました。

「船でよ」と、ドーラが答《こた》えました。

「ケネスの駆逐艦《くちくかん》？」

「いいえ、ほんものの船。汽船よ。ほら、いつも港《みなと》に来てるでしょ」

「でも、どうして？」

「しっ！　大きな声を出さないで」ドーラは声をひそめました。「じつはね、スルエリン家のお母さんのせいだったの」

「デビーとケネスとシャーンのお母さんのこと？」

「そうよ。でもね、お母さんはあとになって、悪いことをしたと思って、ものすごく心を痛《いた》めたの。だから、あたしたち、このことはぜったい話さないようにしているの」

「でも、今だけは、いいでしょ。おねがいだから教《おし》えて。お母さんはなにをしたの？」

するとドーラは、小さなふるえ声で言いました。

「トーマスをあげちゃったの」

カーリーのほおが、こんなにまっ赤にぬられていなければ、きっとシャーロット先生と同じくらい、まっ白になったことでしょう。

「人間が、人形を、あげちゃうなんてこと、あるの？　あげちゃうってことは、人形の家族《かぞく》から引《ひ》き離《はな》すってことだよね？」カーリーの声も、ドーラのようにふるえていました。

「ええ。でも、ほんとうにあげちゃったの」この話をすると胸《むね》が痛《いた》むのでしょう、ドーラはとても悲しい声を出しました。「カーリー、もうだめ。これ以上《いじょう》、言わせないで！」

「ドーラ、やめないで。ぼく、すっかり知りたいんだ」と、カーリーはとてもしんけんに言いました。

一分くらいたってから、ドーラはようやく、まだ胸《むね》が痛《いた》むようすで話しはじめました。

「あのときは、お母さんのほかに、だれもいなかったの。ブロドウェン・オーエンさんがシャーンたち三人を連《つ》れて、散歩《さんぽ》に行っていたからよ。シャーンはまだ乳母車《うばぐるま》に乗っていて、ケネスも小さな男の子で、デビーは十一歳《さい》くらいだったわ。子どもたちがいないときに、あの子が、おわかれを言いに来たの」

「あの子って？」

「よそから来た、小さな女の子よ」

ペンヘリグは海辺《うみべ》の町なので、夏になると、よそから観光客《かんこうきゃく》がたくさんやって来ます。みんな夏休みをここでのんびりすごして、あとはそれっきり。二度と会うことも、うわさを聞くこともない人ばかりでした。

「よそから来た、小さな女の子？」

「デビーが浜辺《はまべ》で会って、仲《なか》よくなった子よ。ほかの観光客《かんこうきゃく》とはちがって、遠くから来た子だったわ」

「アメリカから？」カーリーは、遠いところといったら、アメリカしか知りません。

「いいえ、フランスよ。フランス人の女の子だったわ。名前は、アーレット。あたしたちと遊《あそ》ぶのが大好《だいす》きで、しょっちゅうここに、お茶によばれて来ていたの」

「デビーは、その子を、この人形の家で遊《あそ》ばせてあげてたの？」

「だって、しかたないでしょ。お友だちにだめなんて、言えないもの。それに、アーレットはいい子だったし。だから、ああいうことになったのも、あの子のせいとはいえないわ……」

「ああいうことって、なに？　なにがあったの？」カーリーは、先が聞きたくてたまりません。

「あの日、アーレットはおわかれのあいさつをしに来たの。それで、スルエリン家のお母さんが、人形たちにもさよならを言ったらって、あの子をこの部屋に連《つ》れてきたの。アーレットは、赤いコートにタータンチェック*のマフラーを巻《ま》いて、マフラーとおそろいの手袋《てぶくろ》をはめていたわ。これから船に乗る、よそいきのかっこうよ。

＊　大きなチェック柄《がら》が特徴《とくちょう》の、スコットランドの毛織物《けおりもの》。

でも、アーレットは、あたしたちとわかれたくなかったのね。とっても悲しそうな顔をしていたわ。それで……ああ、でも、どうしてお母さんはあんなことを言ったのかしら……」ドーラは、苦しそうに声をつまらせました。

「なに？ なんて言ったの？ ねえ、なんて言ったの？」カーリーはじれったくて、じれったくて、じっとしていられない気分でした。体が動くなら、手足をじたばたさせていたことでしょう。

「お母さんは言ったの、『デビーとシャーンは、こんなにたくさんお人形をもっているんですもの、一つくらい、あなたにあげてもいいと思っているはずよ』って。そのあと、人形の家を開《ひら》いて、『ほしい人形を一つえらんで、フランスへ持ってお帰りなさい』って」

「うそだ！」カーリーは、ぞっとしました。

「ほんとうよ！ ねえ、あたしたちの身になってみて。だれがえらばれるか、わからなかったのよ。お母さん人形のローリー夫人《ふじん》だったかもしれないし、赤んぼうのバブちゃんや、双子《ふたご》のどっちかだったかもしれないの。パールがいなくなったら、オパールはどうなったと思う？ パールだって、オパールがいなくなったらやっていけないわ。あの二人は、一度も離《はな》ればなれになったことがないんだもの。ただの一度もよ。でなきゃ、ルイスさんが連《つ》れていかれてたかもしれないわ。そしたら、あたしたち、どんなに心細くなったことか……」

「モレロを連《つ》れていけばよかったのに」と、カーリーが言いました。

「アーレットは、モレロをほしがらなかったわ」と、ドーラ。

そうだよね、とうなずいたあと、カーリーは、はっとしました。

「ドーラが連《つ》れていかれてたかもしれないんだね！　ああ、もしそうなってたら！」カーリーは、ドーラのエプロンドレスをぎゅっとつかんで、どこへも連《つ》れていかれないように、守《まも》ってあげたい気持ちになりました。

「そのほうが、まだましだったかもしれないわ。あたしがいなくても、結婚式《けっこんしき》はできたはずだもの。花嫁《はなよめ》のつきそい役がいなくたって、式はできるでしょ。でも……」

「でも、なに？」カーリーは、おそるおそる聞きました。

「アーレットは、トーマスをえらんだの。花婿《はなむこ》がいなければ、結婚式《けっこんしき》はできないのに」

「ああ……」

カーリーはしばらく、口がきけませんでした。

「ひどいでしょ。ほんとうに、ひどいわ！」と、ドーラは言いました。「みんなで心からねがったのよ。どうか連《つ》れていかないでって、何度も何度も。でも、あたしたちの思いには、気づいてもらえなかった……。ほかにどうすることもできなかったわ。つぎの船に乗るからって、アーレットは、帰ってしまったんだもの」

ドーラは、その船がロンドン行きの列車に接続《せつぞく》している連絡船《れんらくせん》だとは、知りませんでした。

「ほら、港《みなと》にやって来るあの汽船《きせん》よ。あの日、子どもたちが予定どおりに散歩《さんぽ》から帰ってきていたら、あんなひどいことはおこらなかったのに……。ブロドウェン・オーエンさんといっしょだと、いつだって遠くまで行くから、散歩《さんぽ》が長引《ながび》いちゃうの。デビーは、自分たちが散歩《さんぽ》から帰ってくるのがよく見えるようにって、シャーロット先生を、人形の家の居間《いま》の窓辺《まどべ》に立たせておいたのよ。かわいそうに、先生は、デビーたちが帰ってくるのを見るまえに、アーレットがタータンチェックの手袋《てぶくろ》をした手で、トーマスを持っていってしまうのを見ることになったの。ゼラニウムの花を飾《かざ》った海岸通りのお店の前を通って、アーレットは、埠頭《ふとう》にむかって歩いていったわ。トーマスのすがたはもう見えなかったし、アーレットのコートも、すぐに小さな赤い点みたいになってしまったけど、その点が、汽船《きせん》の上へあがっていったのが見えたわ。そのあと汽船は港《みなと》を離《はな》れ、少しうしろにさがってから向きを変《か》えて、海に出ていったの。そのうち、船から空にあがる煙《けむり》しか、見えなくなってしまったけど」

「望遠鏡《ぼうえんきょう》でも?」と、カーリーがたずねました。

「望遠鏡《ぼうえんきょう》では見なかったのよ。あたしたちは、窓《まど》から外を見てただけ。シャーロット先生も窓辺《まどべ》に立って、ずっと見ているほかなかったわ。そんなのってひどいでしょ。ひどすぎるわ!」ドーラは、泣《な》きそうな声で言いました。「シャーロット先生は、なにも言わなかったけど、汽船が向きを変《か》えたとき、先生の体から小さな音がしたの……なんか、ピリピリっていうような。そのあと、デビーがもどって来て、先生を持ちあげたら、おがくずが床《ゆか》にぱらぱらこぼれたの。胴体《どうたい》の布《ぬの》が、裂《さ》けていたのよ。ぬいあわせないと治らない傷《きず》だったわ」

カーリーはぞっとして、人形のやり方で身ぶるいをしました。せとものの体はぴくりともしませんでしたが、中のほうだけ、ぶるぶるっと大きくふるえたのです。

「で、どうなったの?」と、カーリーは小声でたずねました。

「シャーロット先生のやぶれ目は、ブロドウェン・オーエンさんがすぐにぬって直してくれたけど、トーマスはそれっきり帰ってこなかったわ。シャーンたちのお母さんは、どんなにひどいことをしたか気づいて、すぐにフランスへ、お人形を返してくださいって手紙を書いたはずよ。でも、住所がまちがっていたのか、けっきょく、アーレットからは返事が来なかったみたい。それで、結婚式《けっこんしき》はとりやめになって、ケーキはケネスが食べてしまったの――たぶんね」

ドーラはなるべく、見たまま聞いたままを話そうとしていました。

「そのあと、シャーロット先生はしかたなく、あたしたちの家庭教師《かていきょうし》になったの」

「家庭教師《かていきょうし》になるのって、いやなことなの？」カーリーは、声をひそめてたずねました。

「そうね、花嫁《はなよめ》になるほうがずっといいわね」

「じゃあ、ぼく、いい子になっていっしょうけんめい勉強する。つまんなくても、がんばるよ。だって、シャーロット先生が、かわいそうだもん。家庭教師《かていきょうし》なんかにされちゃってさ！」カーリーは、まじめな顔で言いました。

そのとき、居間《いま》にやって来ていたモレロが、不吉《ふきつ》なことを言いました。

「あのかたは、そういう運命《うんめい》なんですよ。これから先もずーっと」

「かもね……」とカーリーがつぶやき、カーリーとドーラは、いっしょにため息をつきました。


『シャーン』というのはウェールズ語《ご》の名前で、英語《えいご》の『ジェーン』にあたります。シャーンは、黒い髪《かみ》に黒い瞳《ひとみ》の、八歳《さい》にしてはかなり小さな女の子でした。

デビーは、スルエリン家の子どもたちの中ではいちばん年上で、十八歳《さい》です。学校を卒業《そつぎょう》したあと、アメリカ旅行へ出かけて、帰ってきたばかりでした。デビーはやさしいお姉《ねえ》さんで、今でもときどき、シャーンといっしょに人形の家で遊《あそ》んでくれます。ただ、最近《さいきん》、秘書《ひしょ》になるための勉強を始めたので、タイプや速記《そっき》の練習をしなければなりませんから、あまりひまがありません。

まん中のケネスは十一歳《さい》で、ドウゲスリーという近くの大きな町にある学校に、バスで通《かよ》っています。いっしょのバスに乗る同い年の男の子は、ほとんどが仲《なか》のいい友だちでした。でも、シャーンにはえらそうな口をきく男の子ばかりだったので、シャーンは、なるべく近づかないようにしていました。男の子たちのことが、こわかったのです。

シャーンは、ペンヘリグにある小さな学校に通《かよ》っていました。担任《たんにん》の先生がおっしゃるには、シャーンは、いつもネズミみたいに教室のすみっこのほうでおとなしくしていて、だれともほとんどしゃべらないのだそうです。

デビーには勉強がありますし、ケネスには友だちがいます。メイドのブロドウェン・オーエンさんもお母さんも、家の用事がたくさんあって、なかなかシャーンの相手ばかりしているわけにはいきません。もし人形の家がなかったら、シャーンはどんなにさびしかったことでしょう。シャーンにとっては、人間より人形たちのほうが生き生きしているように思え、いっしょにいて楽しかったのです。

さて、人形の家の居間《いま》でドーラとカーリーが話しこんでいるあいだに、シャーンは、人形たちのお昼を用意しました。

食堂《しょくどう》のテーブルには、泥《どろ》のスープと、草のサラダと、ヒナギクのポーチドエッグがのっています。人形の家に住んでいれば、こういった、めずらしいものが食べられるのです。

シャーンは、紙を切って作ったナプキンを人形たちの席《せき》にならべ、早咲《はやざ》きのスミレを花びんにいけました。バブちゃんの子守《こもり》をしているルイスさんのぶんは、お盆《ぼん》にのせて、人形の家の子ども部屋に運《はこ》んでありました。

こうして用意がととのったので、シャーンは、カーリーとドーラを呼《よ》ぶために、モレロを居間《いま》に行かせたのでした。

「さあさあ、お昼ですよ」と、モレロはカーリーとドーラに言いました。

食堂《しょくどう》では、ローリー夫人《ふじん》がテーブルのいちばんはしの上座《かみざ》にすわり、左右のいっぽうの側《がわ》にドーラとカーリー、もういっぽうには、双子《ふたご》のパールとオパールがならびました。夫人《ふじん》の正面の席《せき》は、あいています。

「シャーロット先生は、おりて来ないそうです。お昼は食べたくないんですって」と、ローリー夫人《ふじん》が、メイドのモレロに言いました。

「頭痛《ずつう》がひどいの？」パールがたずねました。

「とってもひどいの？」オパールもたずねました。

「ほんとうに頭痛《ずつう》なんですかねえ」と、モレロがうたがわしそうに言いました。

「頭が痛《いた》いのか、胸《むね》が痛《いた》いのか……」と言いながら、ローリー夫人《ふじん》はため息をつきました。

ローリー夫人《ふじん》自身《じしん》は、夫《おっと》の大佐《たいさ》が行方不明《ゆくえふめい》で、思い出の剣《けん》が自分の席《せき》のすぐうしろ、食堂《しょくどう》の暖炉《だんろ》の上につるしてあるというのに、きぜんとして、なみだ一つこぼしません。

「お母さんには、家族《かぞく》がいるもの。お母さんには、パールとオパール、カーリーとバブちゃん、それに、あたしがついているもの」と、ドーラが言いました。

「でも、シャーロット先生にはだれもいないのね」パールが言いました。

「自分の家族《かぞく》がいないのね」オパールも言いました。

だれもがシャーロット先生のことを、かわいそうに思っていました。もちろん、シャーンとデビーもです。

なのに、メイドのブロドウェン・オーエンさんは、しょっちゅう、「さあさあ、いいかげんやめにしたらどうです？」などと、へいきな顔で言いました。

シャーンはそのたびに、顔をまっ赤にして言い返しました。

「やめるって、なんのこと？」

「シャーロット先生の頭痛《ずつう》ごっこですよ」

「頭痛《ずつう》じゃないわ。胸《むね》が痛《いた》いのよ」

「まあ、なんだっていいですけどね」

そんなふうに言われると、シャーンも、だまっていられません。

「じゃあ、もし、ダイ・エバンズさんが、どこかへ連《つ》れていかれちゃったら、ブロドウェンさんは、どう思う？」

ダイ・エバンズさんというのは、ブロドウェン・オーエンさんのいい人です。ペンヘリグの町のおまわりさんで、シャーンに言わせると、山みたいに大きくて、がっしりした男の人でした。二人は、結婚《けっこん》するために、何年もまえからお金をためています。

「ダイ・エバンズさんがいなくなったら、って、考えてみてよ！」

でも、ブロドウェンさんは、「お言葉《ことば》ですけど、ダイ・エバンズなら、ダイナマイトをしかけられたって、びくともしやしませんよ」と言って、笑《わら》いころげるだけでした。

人形の家では、ドーラが、お昼を食べながら話していました。

「シャーロット先生は、おがくずがこぼれてから、すっかり性格《せいかく》が変《か》わってしまったみたい」

「でも、またもとにもどるよね？」

カーリーが心配になって、ドーラにたずねると、モレロが、横からまたいやなことを言いました。

「まえに知ってた人形で、手足を胴体《どうたい》につないでいたゴムが、ちょんぎれちゃったのがいましたよ。その人形は、体がばらばらになったきり、けっきょく二度と、もとどおりにはなりませんでしたけどね」

かわいそうに、オパールはすっかりおびえています。カーリーやドーラは、手足と胴体《どうたい》が細い針金《はりがね》でつながっているのですが、パールとオパールはゴムでつないであるだけなのです、しかもこのところ、オパールのゴムは、だいぶのびていました。

「二度と、もとにもどらなかったの？」と、オパールがたずねました。

「ええ。二度と、もどりませんでしたよ」と、モレロはくり返しました。

「カーリー、サラダをぜんぶ食べなさい」ローリー夫人《ふじん》は、モレロのことなど気にもとめずに言いました。

でも、カーリーは、シャーロット先生のことがかわいそうで、なにものどを通りません。と、とつぜん、カーリーのほおがみるみる赤くなり、瞳《ひとみ》がきらきらとかがやきだしました。カーリーは、ブリキのナイフとフォークを、カチャンと音をたててお皿の上に置《お》きました――ナイフとフォークが、手からすべり落ちただけなのかもしれませんけれど。

「カーリー、なにごとです？」と、ローリー夫人《ふじん》がおぎょうぎの悪さをとがめると、カーリーは答《こた》えました。

「ぼくがトーマスをさがし出すよ。きっと連《つ》れもどしてみせるよ！」

デビーが子ども部屋にやって来たので、シャーンはさっそく言いました。

「おねえちゃん、見て。カーリーったら、すごいまじめくさった顔をしてるの。女の子人形に、からかわれているんじゃないといいけど」

じっさいには、からかわれるどころか、カーリーは女の子人形たちに、すごいすごいとほめられていたのです。

「わーい、カーリーがトーマスを、さがし出してくれるんだって！」パールが声をあげました。

「連《つ》れもどしてくれるんだって！」オパールも声をあげました。

二人とも、カーリーが言ったことを、そのまま信《しん》じていたのです。双子《ふたご》のガラスの瞳《ひとみ》はきらきらかがやき、せとものの体も、つやつや光っているように見えました。もし動けるものなら、とんだり、はねたりしていたことでしょう。

ドーラとローリー夫人《ふじん》は、カーリーが言ったことをそこまで信《しん》じてはいませんでしたが、カーリーのことは、とてもりっぱだと思っていました。

「カーリーは、小さいのにえらいわね」と、ドーラが言いました。

「ええ、そうね。ほんとうにトーマスを見つけてきてくれたら、どんなにいいか……」と、ローリー夫人《ふじん》は、ため息まじりに言いました。

「悲《かな》しい顔しないで、いっしょにおねがいしようよ」と、カーリーは力強《ちからづよ》く言いました。

「ぼく、みんなに笑《わら》ってほしいんだ。トーマスが帰ってくるように、みんなでねがいつづけようよ。ぼくも、いっしょうけんめいおねがいするからさ！」


カーリーがまじめくさって見えたのは、いっしょうけんめいねがっていたせいだったのです。

そうとは知らずに、シャーンはカーリーを、人形の家の見晴《みは》らし台にのせてあげました。望遠鏡《ぼうえんきょう》をのぞかせてあげたら、元気が出るかもしれないと思ったのです。

見晴《みは》らし台の手すりは、こわれていました。シャーンのお兄《にい》さんのケネスが、*クリケットのバットをぶつけて、こわしたのです――もちろん、わざとではありませんでしたけれど。

「まったく、子ども部屋でバットをふりまわすなんて、とんでもないことですよ。窓《まど》が割《わ》れたらどうするんですか」と、ブロドウェン・オーエンさんは、かんかんになって言うと、こわれた手すりのかけらを集《あつ》めて、子ども部屋の暖炉《だんろ》の上に置《お》きました。

ケネスは、すぐに直す、とシャーンに約束《やくそく》しました。でも、その日は友だちとお店で待ちあわせていて、そのあとべつの友だちの家に遊《あそ》びに行くことになり、帰ってきたらテレビで大好《だいす》きなサッカーの試合《しあい》をやっていて、けっきょく直す時間はありませんでした。それから何日もたったというのに、毎日つぎからつぎへとやることが出てくるので、ケネスはまだ手すりを直せずにいたのです。

「このままじゃ、あぶないわね」と、シャーンは言いました。

こわれているのは、子ども部屋の窓《まど》に面《めん》したほうで、手すりがごっそりなくなっています。シャーンは、子守係《こもりがかり》のルイスさんも、見晴《みは》らし台にのせることにしました。

「ルイスさんに見ていてもらえば、カーリーも安心よね」と、シャーンは言いました。

「ぼく、見ていてもらわなくたって、へいきだよ」と、カーリー。

「そうだろうねえ。だけど、ほら、バブちゃんにひなたぼっこもさせてあげたいしね」と、ルイスさんは気をきかせて言いました。

するとモレロが、またぶつぶつ言いだしました。

「さっさとルイスさんを見晴《みは》らし台にのっけて、いくらでもひなたぼっこをさせてやればいいですよ。あたしは、いつだっておいてけぼりで、洗《あら》いものばっか、させられるんですからね。あーあ、シャーロット先生は好《す》きなだけ寝《ね》ていられて、ルイスさんは上でいい空気が吸《す》えるっていうのに、あたしは暗い台所に押《お》しこめられて、働《はたら》かされてばっかりなんだから」

人形の家の台所が暗いなんてうそでしたし、モレロが働《はたら》いているところなんて、だれも見たことがありません。今も、洗《あら》いものをしているのはシャーンで、モレロは、ただ鏡台《きょうだい》によりかかっているだけなのです。

シャーンは、モレロの赤いうわっぱりをぬがせて、きれいなエプロンに着替《きが》えさせると、見晴《みは》らし台にのせてやりました。でも、もう手おくれです。モレロは、すっかりきげんをそこねていました。

「こうなると、だれかにやつあたりしなけりゃ気がすまないだろうよ」と、ルイスさんがつぶやきました。

＊野球に似《に》た、イギリスの伝統的《でんとうてき》な球技《きゅうぎ》。

モレロは、かた目を望遠鏡《ぼうえんきょう》にあてていい気分になっているカーリーに、話しかけました。

「いったい、なにを見ているんです？」

「ぼく、トーマス兄《にい》さんをさがしてるんだ」と、カーリーは胸《むね》を張《は》って答《こた》えました。望遠鏡《ぼうえんきょう》を動かすことはできませんが、カーリーは、大海原《おおうなばら》をぐるりと見わたしている気分でした。

そのとき、ルイスさんのセルロイドの体が、窓《まど》からさしこむ春の光にあたためられて、ペチペチッと音をたてました。まるで、カーリーの言葉《ことば》に拍手《はくしゅ》しているようです。

「でも、トーマスはいなくなっちまったんですよ。人間が死ぬのと同じで、人形が一度いなくなったら、もう二度と帰ってこないんですよ」と、モレロが言いました。

カーリーとルイスさんは返事をしませんでしたが、モレロはかまわず話しつづけました。

「ほら、大佐《たいさ》にしたってそうでしょ。いつも剣《けん》をさげているおえらいかただったのに、あの日、ピクニックへ出かけて砂《すな》にうまって、どこへ行ってしまったやら。もうぜったいに見つかりっこありませんよ」

「見つかるかもしれないよ」と、カーリーは言い返しました。望遠鏡《ぼうえんきょう》はやっぱり動かせませんが、今度は砂浜《すなはま》をすみからすみまで見ているような気分でした。

ルイスさんの体が、またペチペチッと鳴りました。すると、モレロはさらにまくしたてました。

「そんな望遠鏡《ぼうえんきょう》や、人形の家の窓《まど》からのぞいているだけじゃあ、海や砂浜《すなはま》がどんなに大きくて広いかなんて、わかりっこないですよ。ピクニックにも、海辺《うみべ》にも行ったことがないくせに。波だって、音を聞いてるだけで、さわったこともないんでしょ?

そうだ、あれは去年の夏のことでしたよ。シャーンが、パールとオパールを波うちぎわに連《つ》れていって、水遊《みずあそ》びをさせていたら、二人とも、ちょっとしたすきに、波にのまれてしまってねえ。水の中でくるくるころげまわっちゃって、なかなか出てこられなかったんですよ。浜辺《はまべ》にうちよせた、ほんの小さな波だったのにねえ。まあ、あの子たちは、かなりぶあつくて重いせともので できているからよかったけど、カーリーちゃん、おまえさんみたいな、ちびで、ものを知らない人形が、のこのこトーマスをさがしに出かけてごらん、たちまち海にのまれて、こなごなになっちまいますよ」

「ぼくの体は、この世でいちばん強いせとものでできてるんだぞ」と、カーリーは体にぐっと力をこめて言いました。

「ふん。あの砂丘《さきゅう》を見てごらん! あんなはてしなくつづく砂《すな》の中じゃ、人形なんて、ほんの小さなしみにしか見えないよ!」

「でも、しみはめだつよ」と、カーリーは言い返しました。

「だいたい、トーマスは、フランスへ連《つ》れていかれたんですよ。ちびっこ人形のあんたが、いったいどうやってフランスまでさがしに行くわけ？」

「海をわたるんだ」

「だから、どうやって？」

「船に乗ってだよ。駆逐艦《くちくかん》とか、たぶんそんなやつで」

「あんたは船になんか、乗れっこないの」

そのとき、ルイスさんが口をはさみました。

「どうかねえ。船乗り学校に入れば、乗れるんじゃないかい」

「なんですって？」と、モレロが聞き返しました。

「わたしは、ウェールズのおみやげ人形だからね」と、ルイスさんは言いました。

ルイスさんの黒いとんがり帽子《ぼうし》が魔女《まじょ》の帽子《ぼうし》のように見え、セルロイドの体が太陽の光にすけて、きらきらとかがやいていました。

ウェールズというのは、ずいぶん古く、歴史《れきし》のある民族《みんぞく》です。ウェールズにむかしから伝《つた》わる歌や詩の中には、世界でいちばん古いと考えられているものもあります。でも、ざんねんながら、今ではウェールズ人以外《いがい》でウェールズ語《ご》がわかる人は、ほとんどいません。

ウェールズ人の先祖《せんぞ》は妖精《ようせい》だったのではないか、という人もいます。ほんとうかどうかはわかりませんが、ウェールズの人たちにはときどき、ほかの民族《みんぞく》にはわからないことがわかったり、これからおこることを見通したりする力があるというのです。

「船乗り学校に入れば、カーリーだって船に乗れるんじゃないか、って言ったのさ」ルイスさんのとんがり帽子《ぼうし》が、何度もうなずくようにゆれました。

人形にも息があるとしたら、カーリーは、ルイスさんの言葉《ことば》に息がとまっていたことでしょう。船乗り学校へ入るなんて、ケネスにとってさえ、夢《ゆめ》のまた夢《ゆめ》なのに！

船乗り学校の生徒《せいと》たちは、朝から晩《ばん》まで、いろいろな船で訓練《くんれん》をします。訓練用《くんれんよう》の船はきちんと整《せい》備《び》され、どれも紺色《こんいろ》にぬってありました。

生徒《せいと》たちは、ボートをオールでこいだり、帆《ほ》に風を受けてヨットをあやつったり、パドルを使ってカヌーを進めたりする技術《ぎじゅつ》を学び、海での泳ぎ方も習《なら》います。それと同時に、潮《しお》の干満《かんまん》や海流《かいりゅう》についての知識《ちしき》をおぼえ、航海術《こうかいじゅつ》を身につけていくのです。

「航海術《こうかいじゅつ》っていうのはね、海の上でまよわずに、きちんと船を進めるためのものなんだよ。東西南北のしるしがついてる羅針盤《らしんばん》を使うんだ」と、カーリーは、パールとオパールに教《おし》えてあげました。

カーリーは、羅針盤《らしんばん》がほしくてしかたありません。

船乗り学校でいちばんいい船といえば、やはり、二本マストの帆船《はんせん》、ゴールデン号です。

「エンジンつきで、ヨットみたいに帆《ほ》をたてに張《は》る、二本マストの船なんだよ」と、カーリーは、ケネスの言ったとおりに説明《せつめい》しました。

ゴールデン号には船室があって、船の中で寝泊《ねと》まりや調理《ちょうり》もできます。ペンヘリグの入江《いりえ》から外海《そとうみ》へ出ていくのは、連絡船《れんらくせん》とゴールデン号だけでした。

日がしずむころになると、入江《いりえ》にちらばっていた船乗り学校の訓練船《くんれんせん》が、港《みなと》にもどって来ます。最《さい》後《ご》の訓練船《くんれんせん》が港《みなと》に入り、カーリーの言い方では『係留《けいりゅう》される』――つまり、綱《つな》でつなぎとめられると、船乗り学校の生徒《せいと》たちは＊救命胴衣《きゅうめいどうい》をぬいで、旗《はた》をおろします。そして、ふたたび行進の足音を町じゅうにひびかせながら、学校へ帰っていくのです。

カーリーとケネスにとって、船乗り学校は、この世でいちばんすばらしい、あこがれの場所でした。

風の強い朝は――といっても、ペンヘリグの町はたいてい風が強いのですが――ヨットは、ものすごいスピードでずんずん沖《おき》へ進んでいきます。船体が強風《きょうふう》にあおられてかたむくと、今にも帆《ほ》が海面についてしまいそうでした。連絡船《れんらくせん》が出航《しゅっこう》するときは、入江《いりえ》に大きな波が立ち、小さな手こぎボートは波間《なみま》に浮《う》かぶコルクのようにぷかぷかゆれ、カヌーは水しぶきにかくれて見えなくなってしまいます。

「船乗り学校の生徒《せいと》になるのは、命《いのち》がけだね！」と、カーリーは言いますが、心配ありません。生徒《せいと》たちはみんな救命胴衣《きゅうめいどうい》をつけることになっていますし、監視役《かんしやく》の先生がちゃんと見守《みまも》ってくれているのです。でも、カーリーの目には、どきどきするほどあぶなっかしくうつりました。ルイスさんのとんがり帽子《ぼうし》も、うなずくようにゆれています。

「だいたい船乗り学校は、大きな男の子が行くところなんですよ」と、モレロがいやみったらしい言い方をしました。

「おとなといってもいいような生徒《せいと》ばかりがね。カーリーちゃんは、たったの七つでしょ。おまけに、これから先もずーっと、七つのちびっ子のままじゃないの」

「七歳《さい》なら、学校に行ってもいい年だよ」と、ルイスさん。

「でも、船乗り学校はむりですよ。ほらほら、子どもは、紙の旗《はた》で遊《あそ》んでなさい！」と、モレロはカーリーに言いました。

＊　おぼれないように身につける道具。ベストのような形をしていて、空気でふくらんでいるため、水の中でも体が浮《う》く。

2

「いっち、に、いっち、に！　左《ひだり》、右《みぎ》、左、右！」

ケネスとカーリーは、船乗り学校というのは、この世でいちばんすばらしいところだと思っていました。でも、十六歳《さい》のフランス人の少年、ベルトラン・レセップスにとっては、この世でいちばんいやな場所《ばしょ》でした。

ベルトランは、色白で、黒髪《くろかみ》の男の子です。きらきらかがやく黒い瞳《ひとみ》をきょろきょろさせて、大きな高い鼻をつんとあげてものを言うのがくせでした。そのせいで、船乗り学校では、『なまいきガエル』というあだなをつけられました。

さて、ベルトランはもともと南フランスに住んでいましたが、数カ月まえ、イギリスのロンドンで工場《こうじょう》を経営《けいえい》しているおじさんのところへ、見習《みなら》いに行かされることになったのです。

「英語《えいご》の勉強になるし、おまえの鼻《はな》っぱしらをへし折《お》るのにもいいだろう」と、ベルトランのお父さんは言いました。『鼻《はな》っぱしらをへし折《お》る』というのは、うぬぼれた気持ちをすてさせる、という意味です。

ベルトランは、そんなことを言われるなんて、思ってもいませんでした。

「ぼくは、うぬぼれてなんかいないよ。なにをやっても、ほかの人よりうまくできちゃうだけなんだ」

「それが、うぬぼれだと言っとるんだ」

「でも、父さん……」

ベルトランが口答《くちごた》えしようとすると、お父さんがさえぎりました。

「だいたい、おまえはむだ口をたたきすぎる」

でもベルトランには、お父さんがなんでそんなことを言うのか、まるでわかりません。

「むだ口なんてたたいてないよ。ぼくは、正しいことしか言わないんだから」

そうです。ベルトランは、ほとんどいつだって正しいのです。でも、それがこまったところでした。

ベルトランは、いつも学校でいちばんいい成績《せいせき》をとっていました。テストはつねに満点《まんてん》で、これまでにありとあらゆる賞《しょう》をもらいました。ベルトランには、ふつうより一年早い十五歳《さい》で大学入試準《だいがくにゅうしじゅん》備《び》コースに進めるほどの、学力があったのです。

ただ、ベルトランの学校では、大学入試準備《だいがくにゅうしじゅんび》コースに入ると、全員が監督生《かんとくせい》になり、先生のかわりに下級生のめんどうをみたり、規律《きりつ》を守《まも》らせたりしなければなりません。さすがに十五歳《さい》で監督生《かんとくせい》になるのはむりなので、とりあえず一年間休学して、家庭教師《かていきょうし》をつけてもらうことになりました。おかげで、ますますうぬぼれてしまったのです。

ベルトランができるのは、勉強だけではありません。町のテニス大会でもしょっちゅう優勝《ゆうしょう》していて、優勝《ゆうしょう》カップを三十個《こ》以上《いじょう》もらったほどの腕前《うでまえ》でした。乗馬やスケートの優勝《ゆうしょう》カップももっています。父親のジュール・レセップス氏《し》は、装備《そうび》をつけずに水中にもぐる素《す》もぐりの達人《たつじん》として有名で、もぐり方や泳ぎについての本を何冊《なんさつ》も出版《しゅっぱん》しています。そんなお父さんにきたえられたのですから、ベルトランは泳ぐのも得意《とくい》でした。

とにかく、なにもかもできすぎるので、まわりのだれもが、ベルトランをもてあましていました。

「あいつはそのうち、太陽《たいよう》や月に、のぼれだのしずめだのと、さしずするようになるかもしれんぞ」

と、お父さんは、腹《はら》にすえかねたように言いました。

それはちょっと大げさですが、ベルトランはそのうち、お父さんの事務所《じむしょ》の経営《けいえい》にまで口を出しはじめ、本の書き方についても、意見を言うようになりました。そればかりか、家庭教師《かていきょうし》には勉強の教《おし》え方を、お母さんには料理《りょうり》や家事のやり方を、とやかく言いだしたのです。

友だちを家に連れ《つ》てくると、妹のマリー・フランスには、「むこうで人形と遊《あそ》んでろよ」と命令《めいれい》します。マリー・フランスは、ベルトランとたった一つちがいなのにです。

「みんなの前であんなことを言うなんて、ひどい！　わたしは、もう人形遊《あそ》びをするような子どもじゃないわ」と、マリー・フランスが言うと、ベルトランは言い返しました。

「だって、おまえの部屋は人形だらけじゃないか」

「飾《かざ》るために集めているのよ。遊《あそ》ぶためじゃないわ」マリー・フランスは、ベルトランに子どもあつかいされたのがくやしくて、泣《な》きだしそうになりました。

こんなぐあいに、ベルトランのまわりでは、口げんかや、くやしなみだ、どなり声《ごえ》や言《い》い争《あらそ》いがたえません。

弟のピエールが宇宙船《うちゅうせん》の模型《もけい》を作っていたときも、ベルトランは、そんなやり方じゃぜんぜんだめだ、と口を出しました。

「ほら、貸《か》してみな。兄《にい》さんが、作ってやるよ」

「いいよ。自分でやりたいもん」と、ピエールは言いました。

「もっとかっこよくしてやるから、貸《か》せよ」

たしかにベルトランは、どんなものでも、だれよりも上手《じょうず》に作れます。でも、ピエールはいやがって逃《に》げていきました。

家庭教師《かていきょうし》は、これ以上《いじょう》ベルトランの勉強をみるのはたえられないからやめさせてもらう、と言いだし、お父さんはベルトランに事務所《じむしょ》への出入りを禁《きん》じ、海にも二度と連《つ》れていってやらん、と言いわたしました。お母さんも、台所には入らないでちょうだい、と言うし、妹のマリー・フランスは、ベルトランが帰ってくると、自分の部屋に閉《と》じこもってしまうようになりました。

ベルトランには、わけがわかりません。「なんで？　どうして？　ぼくの言うことは、まちがってなんか……」

「ベルトラン、少しはだまっていられんのか」

そのとき、お父さんは、ふといいことを思いつきました。

「そうだ。おまえ、ロンドンのおじさんのところに、しばらく行ってくるといい。ほら、大きな工場をやってるおじさんだ。むこうでは英語《えいご》をしゃべることになるからな、おまえも、今ほどへらず口《ぐち》をたたけないだろう」

お父さんは、ベルトランが学校で英語《えいご》を習《なら》ったことも、そのあと家庭教師《かていきょうし》について、さらに勉強

英語《えいご》ばかり勉強していたわけではありません。それでも、ベルトランは、かなりうまく英語《えいご》を話せるようになっていました。

ですから、イギリスに来て三週間もしないうちに、おじさん、おばさん、そして、いとこ姉妹のやることなすことに、口を出しはじめたのです。ベルトランは、フランス語まじりのおかしな英語《えいご》で、まくしたてました。

たとえば、おじさんの経営《けいえい》している工場《こうじょう》に行ったときには、「こんな書類《しょるい》のとじ方、だーめです。セトレヴュジュー！」これはフランス語で、こんなの時代《じだい》おくれだ、という意味です。「穴開《あなあ》きファイルにしーなさい。場所も、とーりませんよ」

「おばさん、だーめ。オムレツのつくり方、まちがってます！　えーっと……ぼくが、教《おし》えてあーげましょう」

「けっこうよ。オムレツには、いろんなつくり方があるんですからね」と、おばさんが言っても、ベルトランはゆずりません。自信満々《じしんまんまん》で言いはりました。

「ぼくのつくり方、いーちばんです。見ていてくーださい」

写真の撮《と》り方を習っている年上のいとこが、照明《しょうめい》をガーゼでおおい、光のかげんを調整《ちょうせい》しながら花を撮影《さつえい》していると、ベルトランがやって来て言いました。

「そのやり方、だーめです！」

ベルトランは、写真の腕《うで》もなかなかのものでした。

「いろんな方法《ほうほう》をためしているんだから、ほっといてちょうだい！」ベルトランがカメラをうばいとろうとしたので、いとこは声を荒《あら》らげました。

「ぼく、もっといいやり方、知ーっています。教《おし》えてあーげましょう」と言って、ベルトランは、むりやりカメラをとりあげてしまいました。

下のいとこは、馬が大好《だいす》きで、生まれてはじめて自分の子馬をもらったばかりでした。茶色の雄《おす》で、名前はタイガーティムです。

「ぼくが、子馬を原っぱへ連《つ》れていーきましょうねえ」と、ベルトランはいとこにやさしく話しかけました。「えーっと、そしたら、ジャンプできるようになりますよ。あーっと、ほら、なんて言うんだっけ？ そうそう、チョウキョウ。ぼく、きみのかわりに、子馬のチョウキョウをしてあーげましょう」

「いやよ。あたし、自分で調教《ちょうきょう》したいもの」と、小さないとこは言いました。

「チョウキョウのしかたを知ーらないでしょ。教《おし》えてあーげます」

「お父さんは、あたしが自分でやれるようにって、子馬をくれたのよ」

でもベルトランは、いとこの言葉《ことば》には耳を貸《か》さず、タイガーティムの背中《せなか》にとび乗ると、さっと向きを変《か》えさせ、原っぱへかけていってしまいました。こうしてタイガーティムは、まるでベルトランの馬みたいになってしまったのです。

「ベルトランなんか大きらい！　早くフランスへ帰ってもらってよ。それか、どっか遠くへやっちゃって！」と、いとこは、おばさんにむかってさけびました。

それを聞いたとき、おばさんはいいことを思いつきました。

夕食のあと、家族《かぞく》みずいらずでくつろいでいたとき、おばさんはぬいものをしながら、おじさんに、なにげなくたずねました。

「ねえ、あなた、今年も工場《こうじょう》の男の子たちを、あの船の学校へ入れるんですか？」

「ああ、十人ばかしな。どうしてそんなこと、きくんだ？」

「いえ、べつに」と言ったあと、しばらくして、おばさんはまたたずねました。

「あの学校って、ウェールズにあるんですよねえ？」

「ああ、それがどうかしたか？」

おばさんが布《ぬの》に針《はり》をゆっくり通《とお》して、ゆっくりぬいていくたびに、プツン、プツン、と小さな音がしました。

「ベルトランは、まだウェールズに行ったことがなかったわよねえ」と、おばさんは、ベルトランのことを思いやっているような口ぶりで言いました。

「それに、ウェールズは、ここからすごーく遠いしね」と、上のいとこが言いました。

クロスワードパズルをしていたおじさんは、鉛筆《えんぴつ》で前歯をカチカチたたきながらしばらく考えていましたが、ふと口を開《ひら》きました。

「あの学校じゃ、ベルトランはいちばん年下になってしまうだろうなあ……」

「あの子は、年のわりにしっかりしていますよ」と、おばさん。

「工場からあそこへやる子の中には、育ちが悪くて、らんぼうなやつもいるしなあ。フランス人はベルトランだけだろうから、いじめられるかもしれんぞ」

「あら、少しくらいいじめられたって、あの子ならへいきですよ」と、おばさんは、ぬいものをつづけながら小声で言いました。

「少しですめばいいが……」おじさんは、まだまよっているようでした。

「べつに、何年も行かせるわけじゃないんですから。工場《こうじょう》の子たちの研修《けんしゅう》は、たった四週間かそこらでしょ？　ちょっとくらい荒《あら》っぽいいじめにあったって、ベルトランにはいい薬ですよ。それに……」

「それに、なんだ？」

「こっちは、大助かりだわ。オムレツも好《す》きなように作れるし」と、おばさんはぬいものの手を休めずに言いました。

「それに、好《す》きなように写真が撮《と》れるし！」上のいとこが言いました。

「好《す》きなように馬にも乗れるし！」下のいとこも言いました。

というわけで、ベルトランは約《やく》一カ月間、工場で働《はたら》く十一人の男の子たちといっしょに、ウェールズの海洋訓練学校《かいようくんれんがっこう》――つまり、ペンヘリグにある船乗り学校へ行くことになったのです。

「うんといじめられてくるといいわ」上のいとこが言うと、下のいとこも、「うーんとね！」とあいづちをうちました。


いっぽう、ウェールズのスルエリン家では、ちびっこ水兵《すいへい》人形のカーリーが、人形の家の見晴《みは》らし台にひと晩《ばん》じゅう置《お》き去《ざ》りにされていました。

シャーンは、人形の家で遊《あそ》ぶのが大好《だいす》きでしたけれど、毎日そうしているわけにはいきません。学校もありますし、放課後《ほうかご》にはお母さんとお出かけしたり、お父さんに釣《つ》りやドライブに連《つ》れていってもらったり、ほかにもいろいろすることがあるからです。

ほとんど毎日、ブロドウェン・オーエンさんと浜辺《はまべ》へ散歩《さんぽ》にも行きますし、お人形を連《つ》れずに浜辺《はまべ》へ遊《あそ》びに出かけることだってあります。それにシャーンは、とてもいい自転車をもっていて、お姉《ねえ》さんのデビーやお兄《にい》さんのケネスといっしょに、サイクリングに出かけることもありました。もちろん、お友だちの家にも遊《あそ》びに行きますし、年に一度は、ロンドンのおばあさんのところに、一週間泊《と》まりに行くことになっています。ですから、人形たちにさわる時間がなくて、二、三日同じ場所に置《お》いたままにすることもあるのです。

カーリーが、ひと晩《ばん》じゅうひとりぼっちで見晴《みは》らし台の上に立っていたのは、ベルトランが船乗り学校に入学した、四月の第一週めの終わりのことでした。

ほかの人形たちは、みんな家の中にいました。人形の家の中は、ほの暗《ぐら》く、わずかに窓《まど》からさしこむ星の光が、ところどころを照《て》らしているだけでした。

お姉《ねえ》さん人形のドーラは、居間《いま》にあるピアノの前にすわったまま眠《ねむ》っていました。こんな真夜中に、だれもオルゴールを鳴らそうとは思いません。双子《ふたご》のパールとオパール、そして、子守《こもり》のルイスさんは、子ども部屋にいました。ルイスさんはゆりいすにすわって、つくろいものをしたままのかっこうで眠《ねむ》っています。バブちゃんは、寝室《しんしつ》にあるゆりかごの中で、ローリー夫人《ふじん》は応接間《おうせつま》の机《つくえ》の前で眠《ねむ》っていました。

シャーロット先生は居間《いま》にいましたが、教科書がちらばっているいつものテーブルのそばではなく、窓辺《まどべ》に立っていました。外の景色《けしき》がながめられるようにと、シャーンか、お姉《ねえ》さんのデビーが、そこに立たせたのでしょう。

そのときドーラは、「窓辺《まどべ》に立たせたりしたら、あのときのことを思い出しちゃうのに」と言いました。

窓辺《まどべ》のシャーロット先生は、ぱっちり目を覚《さ》ましていました。こんな夜中におきているのは自分だけだろうと、心細《こころぼそ》かったのですが、じつは、ちゃんと仲間《なかま》がいました。一メートルほど上の屋根の見晴《みは》らし台で、カーリーも目をぱっちり開《あ》けて、おきていたのです。

夜中まで見晴《みは》らし台に立っているなんて、カーリーには、はじめてのことでした。人形の家がある子ども部屋の中が暗くなってくると、カーリーは、なんだかこわくなってきました。見晴《みは》らし台の手すりはこわれたままです。カーリーは望遠鏡《ぼうえんきょう》のすぐ横に立っていたものの、のぞく気にはなれませんでした。遠くを見たいという気持ちが、急にしぼんでしまったのです。

「ぼくは、ただの小さな人形だもん」カーリーは心の中でつぶやきました。

今夜は子ども部屋が、とても大きく感じられました。でも、おやしき全体は、もっとずっと大きくて、そのおやしきの外にはさらに大きな町があって、町をはさむ山と海辺《うみべ》の砂浜《すなはま》は、左右見わたすかぎり、どこまでもつづいているのです。そして、海はさらにはてしなく沖《おき》へと広がっていました。

デビーのトランクに入れられてアメリカからここまで来るのに、どれくらい長い時間がかかったか、カーリーは忘《わす》れていませんでした。そもそも、ゴールデン号が入江《いりえ》から外海《そとうみ》に出ていくだけでも、あんなに時間がかかるのです。

「モレロの言うとおりだ。ぼくは、ただのちびっこ人形なんだ。波にさらわれたら、こなごなになっちゃうだろうし、砂浜《すなはま》に行ったら、あっというまにうもれちゃうかもしれない。ローリー大佐《たいさ》は行方《ゆくえ》不明《ふめい》のまま見つかりっこないし、トーマスはおぼれちゃったんだろうから、やっぱり見つかりっこない。なのに、あーあ、ぼくって、ほんとうにばかだなあ」

子ども部屋は、いよいよ暗《くら》くなってきました。海岸にうちよせる波の音は、いっそう大きくなって部屋じゅうにひびきわたり、潮《しお》が満《み》ちてきたのか、港《みなと》からは、船が岸壁《がんぺき》にゴツンゴツンとぶつかる音も聞こえてきました。風もヒューヒューと、不気味《ぶきみ》な音をたてています。

「ああ、やっぱりモレロの言うとおりなんだ。ぼくは、なんにもわかってなかった……」

そのときカーリーは、ローリー夫人《ふじん》の言葉《ことば》を思い出しました。

『モレロの言うことを、気にしちゃいけませんよ……なにを言われても、ほうっておきなさい』

「そうだ！　ぼくはただの小さな人形だけど、男の子だし、水兵《すいへい》なんだ。水兵《すいへい》なら、夜中に一人でおきてたって、へっちゃらなはずだ。だって船に乗ってるときは、毎晩交代《まいばんこうたい》で見張《みは》りに立つんだからね！」

シャーンのお兄《にい》さんのケネスが、早く寝《ね》なさい、とブロドウェン・オーエンさんに言われたとき、船の見張《みは》りのことをもち出して言い返していたのを、カーリーは思い出したのです。ケネスは、水兵《すいへい》がどんなふうに夜の見張《みは》りをするか、ブロドウェン・オーエンさんにこまかく説明《せつめい》していました。

『水兵《すいへい》は、夜中にずっと長いことおきてるんだよ。四時間交代《こうたい》でね。船乗りが見張《みは》りに立っているから、船は安全に守られるんだ』

「そっか。シャーンがぼくをここに置《お》きっぱなしにしたのは、この家を安全《あんぜん》に守《まも》ってほしいからなんだ！」はっきり口に出してみると、カーリーは、なんだか急《きゅう》に自信《じしん》がわいてきました。

ケネスは、船乗りたちが＊鐘《かね》の音で時間を知らせる、という話もしていました。鐘《かね》の音は、二回だったり、四回だったり、六回だったり、八回だったりするそうです。でもカーリーは、船の鐘《かね》の音を聞いたことがありません。ですから、たぶんオルゴールが奏《かな》でる『アベダビの鐘《かね》』みたいな音だろう、と思っていました。

カーリーは、つい居眠《いねむ》りをしてしまったらしく、ほんとうの鐘《かね》の音がとつぜん聞こえたとたん、はっと目を覚《さ》ましました。それはオルゴールよりも大きな音――夜中の十二時を告《つ》げる、町の教会の鐘《かね》でした。その音にかぶさるように、おやしきの玄関《げんかん》ホールにある柱時計も、ボーンボーンと鳴《な》りだしました。

真夜中《まよなか》の十二時というのは、ふしぎな時間です。星がまたたくのをやめて、ふいに明るい光を放《はな》ち、

＊　船では、鐘《かね》の音で時間を知らせる。一日を四時間ごと六つにくぎり、三十分ごとに鐘《かね》を鳴らす。四時間目には八回鳴らし、次からはまた、一回にもどる。夜中の十二時は八回。

夜でもなく朝でもない空気がそよ風のように、すーっと吹《ふ》きぬけていくのです。


あちこちで柱時計の鐘《かね》が十二回鳴り終わると、町はまた、しんと静《しず》まりました。昼間はひどくうるさかったカモメも、ぐっすり眠《ねむ》っているようです。

人っ子一人いない町のせまい通《とお》りでは、ガス灯《とう》がちらちらもえていました。ペンヘリグの街灯《がいとう》は旧《きゅう》式《しき》で、ガスをもやして火をともすのです。テレビのアンテナには、フクロウが一羽、黄色い目をぱっちり開《あ》けてとまっています。聞こえるのは、ザザーッ、ザザーッとひびく波の音と、船が岸壁《がんぺき》にゴツンゴツンとぶつかる音だけでした。

その日の夕方、ブロドウェン・オーエンさんは、シャーンとケネスを早めに寝《ね》かしつけると、夕食のお皿《さら》を手早くかたづけました。恋人《こいびと》のダイ・エバンズさんと、ディシニホテルの角《かど》で会う約束《やくそく》をしていたため、なるべく早く出かけたかったのです。ところが、あんまりいそいでいたので、その日にかぎって、子ども部屋の窓《まど》とドアを、うっかり閉《し》め忘《わす》れてしまいました。

真夜中をすぎると、波の音と潮風《しおかぜ》が窓《まど》から入りこんできて、人形の家はガタガタゆれはじめました。人形の家の玄関《げんかん》のドアも開《あ》けっぱなしだったので、風が家の中にまで吹《ふ》きこんできたのです。

その風のせいか、十二時をすぎたとたん、ルイスさんがこしかけているゆりいすもゆれだしました。ルイスさんは軽いセルロイドでできているので、ほんの少しの風でも、動いてしまいます。ピンク色のネルのじゅうたんの上には、星の光に照《て》らされたルイスさんのとんがり帽子《ぼうし》の影《かげ》が落ち、ゆりいすの動きに合わせて、前へうしろへゆれました。

今ではすっかり目が覚《さ》めてしまったカーリーと、窓《まど》から外をながめていたシャーロット先生は、ふいに、トーマスのことで胸《むね》がいっぱいになりました。まるで、トーマスがすぐそばにいるような気がします。

「トーマスは、おぼれてなんかいないよ」カーリーは言いました。

「いなくなったわけじゃないわ」シャーロット先生も言いました。

夜空はトーマスの上着《うわぎ》と同じ紺色《こんいろ》で、星は金ボタンそっくりにかがやいています。

「ボタンがとれたら、わたくしが、いつでもつけてさしあげるのに」と、シャーロット先生はつぶやきました。

「ぼくが、ボタンをピカピカにみがいてあげるのに」と、カーリーも言いました。

『ちびの人形のくせに、いったいどうやってトーマスをさがし出すんだい？』影《かげ》や、気味の悪い風や、フクロウのホーホーという鳴き声が、モレロのように意地悪《いじわる》くたずねているような気がしました。

小さなカーリーは、がんじょうなせともの体と、強い針金《はりがね》と、頭にしっかりくっついている髪《かみ》の毛《け》に、ぎゅっと力をこめました。

「どうやってトーマスをさがし出すか、だって？　そんなの、わかんないよ。でも、やってみせる。ぜったいに、さがし出してみせる！」

そして、つぎの日の朝、ブロドウェン・オーエンさんが、いつものように、子ども部屋のそうじにやって来て、ハタキをかけたのでした。


「いっち、に、いっち、に！　左《ひだり》、右《みぎ》、左、右！」

かけ声も高らかに、船乗り学校の生徒《せいと》たちは港《みなと》へむかっていました。

「ぼくは、軍隊《ぐんたい》ごっこをするために、イギリスへ来たのではあーりません！」

「軍隊《ぐんたい》ごっことはなんだ、軍隊《ぐんたい》ごっことは！　これは、れっきとした行進の練習だぞ！」

もんくばかり言うベルトランは、班長《はんちょう》のビッグ・サムにどなられっぱなしです。船乗り学校の生《せい》徒《と》たちは、いくつかの班《はん》に分かれていて、ビッグ・サムは、ベルトランの班《はん》のリーダーでした。ビッグ（大きい）とつくだけあって、見たこともないほど体の大きな少年です。

「さあ、しっかり歩け！　バレリーナみたいに、ちょこまかすんな！　足をしっかりふみしめろ。あごをあげて、胸《むね》を張《は》れ。そら、背筋《せすじ》をのばせっ！」と、サムはどなり声をあげました。

ベルトランが船乗り学校に来てから、一週間がすぎていました。ベルトランにとっては、ほんとうに長い長い一週間でした。

「あーあ、まだたった八日なのに、八年みたいに思えるなあ」と、ベルトランはぶつぶつ言いました。なにしろ、日がたつにつれて、いやなことがふえるばかりだったのです。

たくさんの男の子たちと集団生活《しゅうだんせいかつ》をするなんて、ベルトランにとっては久《ひさ》しぶりのことでした。同じ研修《けんしゅう》に参加《さんか》している男の子は、ぜんぶで四十人。しかも、おじさんが言っていたとおり、全員がベルトランよりも年上で、一人をのぞいては、班長《はんちょう》のビッグ・サムみたいに体の大きな男の子ばかりなのです。その一人だけ背《せ》の低《ひく》い、なまいきそうな少年は、スズメという名前でした。でも、ほかの子たちは、ちょっとばかにして、チヂメと呼《よ》んでいました。

船乗り学校の男の子たちの名前は、ベルトランにとっては、どれもへんてこに思えました。シド、バート、ジム、ロンなど、すごく短《みじか》かったり、『スマシヤ』『ストライク』『ウワバミ』など、人間の名前とは思えなかったり。『カエル』という名前も耳にしましたが、ベルトランは、まる二日間、それが自分につけられたあだなだということに、気づきませんでした。

「どうしてぼくが、カエールですか？」と、ベルトランはみんなにたずねました。ベルトランは、フランス語なまりのせいで、ときどき、のばさなくていいところをへんに長くのばします。

「だって、おフランスじゃあ、カエールを食うんだろ?」

一人がそう言うと、みんながいっせいに、「げーっ!」と、はやしたてました。

「ちがいます。カエールは『げーっ』じゃあーりません。カエールの足、食べるのは、とてもおいしいことです。フランスでは、だれでも食べますよ。おいしいですよお」と、ベルトランはみんなに教《おし》えてやりました。

でも、男の子たちは、げーげー吐《は》くまねをするだけで、だれもベルトランの話など聞こうとしませんでした。


イギリスへ来るまえ、ベルトランは、自分は英語《えいご》がよくできると思っていました。でも、学校で習《なら》った英語《えいご》と、工場《こうじょう》で働《はたら》く少年たちが話す英語《えいご》とは、まるでちがいます。船乗り学校の体の大きな男の子たちがなにをしゃべっているのか、ベルトランにはぜんぜんわかりません。男の子たちのほうも、ベルトランのしゃべる英語《えいご》は、フランス語がときどきまざるせいもあって、ちんぷんかんぷんでした。

フランス人は、もともと英語《えいご》の発音《はつおん》が苦手《にがて》です。舌《した》を歯のあいだにちょっとはさんで出す音がうまくできませんし、フランス語《ご》とちがって、つづりからは想像《そうぞう》のつかない発音が多いので、ついこんがらかってしまいます。そのため、ベルトランは、音をへんなところでのばしてしまうのでした。ロンドンのおじさんはフランス人で、家族《かぞく》もみんなフランス語が話せましたから、ベルトランのなまりは気にならなかったのでしょう。でも、船乗り学校の生徒《せいと》たちは、ベルトランがなにか言うたびに、おかしくてたまらずげらげら笑《わら》いころげました。

「でも、話さーないと、ここで生きていーけませんから」と、ベルトランはしょんぼりつぶやきました。

でも、ベルトランがつらかったのは、言葉《ことば》のせいだけではありません。船乗り学校の大きな少年たちといっしょにいると、なんだか自分がばかみたいに思えてくるのです。そんなはずはない、と思っても、日がたつにつれて、みとめないわけにいかなくなりました。体格《たいかく》のいい男の子たちにくらべると、ベルトランは、まぬけで、役たたずで、なにも知らない子どものようでした。

男の子たちは、工場《こうじょう》で働《はたら》いているので、みんなお金をもっています。自分の力でかせいだ、自分だけのお金です。ベルトランのように、お父さんからもらったおこづかいとは、わけがちがいます。

家には自分のバイクがある、という子もたくさんいて、しょっちゅうその話で盛《も》りあがっていました。でも、排気量《はいきりょう》二五〇cc《シーシー》とか、三五〇ccとか、三〇〇ccとか言われても、ベルトランにはなんのことやら、まったくわかりません。ただ、みんなの「すげえよなあ」という口ぶりから、二五〇とか三五〇のバイクは、かなり大きいということだけはわかりました。「まじでぶっ飛《と》ぶぜ」と、男の子たちは口々に言っていました。

年長の少年の中には、『100』と書かれた黒い革《かわ》ジャンを持って来ている子もいました。もちろん、船乗り学校の中で着ることはありません。『100』というのは、時速百マイル、つまり、約《やく》百六十キロの猛《もう》スピードで、バイクを走らせたことがある、という意味なのだそうです。それにひきかえ、ベルトランは、スクーターにさえ乗ったことがありませんでした。

おまけに、どんなことでも、だれよりも上手《じょうず》にこなせるはずのベルトランが、船乗り学校では、どんな課題《かだい》でもびりっけつ。落ちこぼれもいいところでした。

「ほら、カエル、がんばれ」と、ビッグ・サムにはげまされても、ベルトランの返事はいつも、「むーりです」。

フランスでは、身のまわりの世話《せわ》を、お母さんと妹のマリー・フランスにまかせっきりで、ベルトランは王子さまのように暮《く》らしていました。でも、船乗り学校では、料理《りょうり》以外《いがい》のことは、なにもかも自分でしなければなりません。ベルトランにとっては信《しん》じられないことでした。

「ベッドを自分でととのえるんですかあ？　お皿を洗《あら》う？　床《ゆか》そうじーもですかあ？」

「ベッドがくしゃくしゃだったり、床《ゆか》がよごれたりしてると、班《はん》の成績《せいせき》から減点《げんてん》されるんだぞ。一人がなまけると、みんなに迷惑《めいわく》がかかるんだからな！」と、ビッグ・サムは、班《はん》のメンバーに言いわたしました。

ところがベルトランは、なにをやっても、まともにできません。班《はん》の点数はどんどん減《へ》らされ、たちまち、班《はん》のメンバーはベルトランのことを冷《つめ》たい目で見るようになりました。

「まったく、どうしようもねえ野郎《やろう》だなあ」と、班長《はんちょう》のビッグ・サムもあきれはてました。

海の訓練《くんれん》でも、まったくいいとこなしでした。

ベルトランは、プールや、おだやかで青く澄《す》んだ夏の地中海*でしか泳いだことがありませんし、あたたかい日に岩場《いわば》でのんびり日光浴《にっこうよく》をするような、静《しず》かな海辺《うみべ》しか知らなかったのです。まさか、この北ウェールズの入江《いりえ》みたいに、風の吹《ふ》きすさぶ冷《つめ》たい海がこの世にあろうとは、想像《そうぞう》もしていませんでした。

スルエリン家の子どもたち、デビーやケネスはもちろん、小さなシャーンも、ペンヘリグの町の入《いり》江《え》は、広々として、とてもいいところだと思っていました。潮《しお》の満《み》ち干《ひ》によってあらわれたり消えたりする砂浜《すなはま》の上にはユリカモメが飛《と》び、海がおだやかなときには、イルカが入江《いりえ》に入ってきて、宙《ちゅう》返《がえ》りを見せてくれるのですから。

ところがベルトランの目には、この入江は波が荒《あら》くてだだっ広《ぴろ》い、灰色《はいいろ》の海にしか見えません。沖《おき》から吹《ふ》きつける風で、目や鼻が痛《いた》くなり、髪《かみ》の毛《け》は逆立《さかだ》ち、班《はん》のみんなからは、「おめえの髪《かみ》、長すぎるぜ！」と言われるしまつです。

訓練《くんれん》のために港《みなと》へ行進していくとき、船乗り学校の生徒《せいと》たちは、半ズボンにジャンパー、靴下《くつした》にブーツをはいて、そこらにある、てきとうな色の毛糸の帽子《ぼうし》をかぶることになっていました。

そんなみっともないかっこうをするのは、おしゃれなベルトランには、たえられません。おまけに外の冷《つめ》たい風にあたると、むきだしの足はみるみる血《ち》の気《け》がなくなり、がたがたふるえてきます。最《さい》初《しょ》の数日間、埠頭《ふとう》にえんえんと立たされ、指導教官《しどうきょうかん》のどうでもいいような話を聞かされたときのつらさといったら、ありませんでした。

そのときベルトランは、『ぼくがばかなら、ここでやってることは、もっとばかみたいだ』という意味《いみ》のことを、フランス語でつぶやきました。さいわい、フランス語がわかる人は、だれもいませんでしたけれど。

船乗り学校では、なんでも命令《めいれい》どおりにしなければなりません。ベルトランは、これまでは自分がさしずする側《がわ》で、さしずされることなどめったになかったので、口答《くちごた》えせずにはいられませんでした。

いちばん最初《さいしょ》の訓練《くんれん》は、救命胴衣《きゅうめいどうい》をふくらませて身につける練習でした。救命胴衣《きゅうめいどうい》は、ふくらむ

＊ ヨーロッパ大陸とアフリカ大陸のあいだにある海。

と太めのソーセージのように見え、それがボローニャソーセージに似《に》ていることから、『ボローニー』と呼《よ》ばれていました。

「ぼく、うまく泳げますから、こんなソーセージ、いーりません!」と、ベルトランは言いました。

「いいから、つけろ!」と、班長《はんちょう》のビッグ・サムがどなりました。

そして、ほんものの海軍士官《かいぐんしかん》の指導教官《しどうきょうかん》も、ベルトランをしかりつけました。

「ベルトラン・レセップス! つべこべ言わずに、みんなと同じようにしろ。万が一、寒さで足がつったらどうする。さっさと救命胴衣《きゅうめいどうい》をつけるんだ!」

ベルトランは、泳げないみたいでかっこ悪いなあ、と思いながらも、しぶしぶ言われたとおりにしました。

ベルトランたちは、船のあつかい方も習《なら》いました。

船にかかわる独特《どくとく》な言葉《ことば》は、ベルトランにとって、まったく意味不明《いみふめい》なものばかりです。たとえば、船のへりのことを『ガンネル』と言ったり、船首《せんしゅ》を『おもて』、船尾《せんび》を『とも』と呼《よ》んだりします。ほかにも『オール受け』や『綱止《つなど》め』、『ジブ』など、わけのわからない言葉《ことば》がたくさんありました。『シート』といっても、船の上では、ビニールシートのような敷物《しきもの》のことではなく、帆《ほ》を張《は》るためのロープをさすのでした。

ベルトランの班《はん》が、はじめてボートで入江《いりえ》に出たときのことです。ボートをこいだことのある者はほとんどいなかったので、年長の生徒《せいと》でさえ、オールの重さとあつかいづらさに四苦八苦《しくはっく》しました。前やうしろの仲間《なかま》のオールにぶつけたり、海中に深く入れすぎて、うまく水をかけずに大きなしぶきをあげてしまったり。そのたびに、「へなちょこめ！」という、指導教官《しどうきょうかん》のどなり声がとんできます。

そんなときもベルトランは、「へなチョコって、どんなチョコレートですかあ？」と、いちいちまじめに聞き返すのでした。

「いち、にっ、さん、しっ！」

ビッグ・サムがひっしで号令《ごうれい》をかけますが、それに合わせてこげる者《もの》はだれもいません。ボートは、荒《あ》れた波の上に、なすすべもなくただようだけでした。

ベルトランは、お父さんのモーターボートが大好《だいす》きで、何度も乗ったことがありました。でも、手に持ったオールでボートをこぐなんて、考えたこともありません。ですから、班《はん》の中では、これもまたいちばん下手《へた》でした。

小さなボートが上へ下へとゆれているうちに、ベルトランは、ぞーっと寒気《さむけ》がして、歯がガチガチ鳴りはじめ、頭が痛《いた》くなってきました。そのうち、朝食で食べたものがのどもとまであがってきて、いきなりげえっと吐《は》いてしまいました。

病気になったのだから、きっとボートはこのまますぐに港《みなと》へ引き返してくれるはずだ。学校へ連《つ》れて帰ってくれ、お医者さんを呼《よ》んでくれるにちがいない……。ベルトランは、てっきりそう思っていました。

ところが、班長《はんちょう》のビッグ・サムは、ほらよっとアルミ缶《かん》をわたしてよこし、こう言ったのです。

「吐《は》くなら、こん中に吐《は》け。ボートの中をよごすなよ」

そして、なにごともなかったかのように、「いち、にっ、さん、しっ！」と、また号令《ごうれい》をかけはじめました。

「あのー、ぼく、病気なんです。もうだーめです」と、ベルトランは苦しそうに言いました。ほんとうに最悪《さいあく》の気分だったのです。

なのにビッグ・サムは、「サバにやられただけだろ。すぐに慣《な》れるさ」と、あっけらかんとしていました。船乗り学校では、船酔《ふなよ》いのことを『サバにやられた』と言うのです。

ベルトランは、慣《な》れるなんてぜったいむりだ、と思いました。

ですから、つぎの日の朝、班《はん》のメンバーが港《みなと》へむかうために整列《せいれつ》していたとき、指導教官《しどうきょうかん》に、「ぼくは行きません」と、はっきり言いました。

「行かない？」

「はい、行きません。行くと病気になーります」

「くだらんことを言うな」指導教官《しどうきょうかん》は、とりあいませんでした。

でもベルトランにとっては、くだらないことではありません。行かないことこそ、正しい判断《はんだん》だと思っていたのです。

「ここの海、行くと、ぼく、吐《は》きます。だから、行ーきません」

「ぐだぐだ言ってないで、さっさとほかのやつらに追《お》いつけ！」と、指導教官《しどうきょうかん》は冷《つめ》たく言《い》い放《はな》ちました。

その口調《くちょう》にひるんだベルトランは、あわてて仲間《なかま》を追《お》いかけました。

ヨットで帆《ほ》のあつかい方を練習する日もありました。ヨットは、ボートより沖《おき》のほうまで出ていきます。沖《おき》はさらに波が高かったので、ビッグ・サムは、アルミ缶《かん》をまえもってベルトランにわたし、また「すぐに慣《な》れるさ」と、言いました。

でも、ベルトランは慣《な》れるなんてぜったいむりだ、と思っていました。そして、じっさい、ベルトランがサバにやられない日は、一日もなかったのです。

どんよりした灰色《はいいろ》の雲におおわれた、寒い日がつづきました。水しぶきが顔にかかり、手はかじかんで、ロープもうまくにぎれません。風の吹《ふ》きすさぶ中でにぎる船のロープは、ひどくかたくて、おまけにすべりやすく、テニスのラケットをにぎり慣《な》れたベルトランの手でも、なかなかうまくあつかえませんでした。きれいに手入れしていたつめは割《わ》れ、手のひらはまめだらけになり、寒さであちこちあかぎれになって、皮がむけました。

カヌーの練習も、一、二度ありました。ベルトランは、フランスでカヌーによく乗っていたので、これだけは自信《じしん》がありました。でも、船乗り学校では、ほかのカヌーとたて一列になって進まなくてはなりません。そのようすを岸から見ると、ゲンゴロウかなにかが、ずらずら行列《ぎょうれつ》しているように見えました。救命胴衣《きゅうめいどうい》をつけているせいで動きづらいうえに、手足も冷《ひ》えきっていて、ベルトランはカヌーのパドルもうまくあやつれませんでした。まるで、カヌーにはじめてさわった人みたいにぶざまです。おまけに、班長《はんちょう》のビッグ・サムからは、ひっきりなしに、「列を乱《みだ》すな！」と、どなられました。

「一列にならなくたって、いーいじゃないですかあ。ぼく、カヌーはこーげますよお」と、ベルトランは言ってみましたが、「ちゃんと言われたとおりにしろ！」と、またどなられただけでした。

生徒《せいと》たちは、お昼になると、学校にもどってたっぷり昼食をとり、夜は軽めの食事と紅茶《こうちゃ》ですませます。朝食も昼食も夕食も、船乗り学校の食事は、腹《はら》ぺこの胃袋《いぶくろ》を満《み》たすためだけのもので、ベルトランが見たことも聞いたこともない、イギリス料理《りょうり》ばかりでした。まわりの男の子たちにたずねて、たとえ返事がもらえても、いったいどんな食べものなのか、さっぱりわかりません。

「これは、なんですか？」とたずねたら、「へど（スピュー）だ」という答《こた》えが返ってきたこともありました。でも、それは、アイルランド風《ふう》シチューのことだったのです。

『ブチ犬』というのは、[*1]ローリーポーリー・プディングのことで、『ダイナマイト』の正体は、ソーセージでした。

「ホットポット?」[*2]

「バンズ?」[*3]

ベルトランは、首をかしげるばかりです。

「おめえ、エッグ・アンド・チップス[*4]も知らねえのか?」

「おいおい、ベークドビーンズ・オン・トースト[*5]も見たことねえのかよ」

ほかの子たちはあきれていましたが、ほんとうにベルトランにとっては、どれもこれもわけのわからない料理《りょうり》でした。フランスでは食べないものばかりだったのです。

「また紅茶《こうちゃ》ですかあ?」と、ベルトランはげっそりしながら言いました。

フランスでは、あまり紅茶《こうちゃ》をのみません。コーヒーを大きなカップに一杯《ぱい》のめたら、すごく気分がよくなるのになあ、とベルトランは思いました。でも、出てくるのはいつも紅茶《こうちゃ》です。船乗り学校の生徒《せいと》たちは、ただ『茶』と呼《よ》んでいましたけれど。

ベルトランにとって、日がたつにつれ、つらいことがふえていきました。おじさんが予想《よそう》したとお

＊1　のばした生地《きじ》の中に、ジャムやくだものを巻《ま》きこんで焼いたお菓子《かし》。
＊2　肉やじゃがいもなどを入れた、野菜の煮《に》こみ料理。
＊3　小さな丸いパン。
＊4　目玉焼きにフライドポテトをそえたもの。
＊5　トーストに、インゲン豆とブタ肉のトマトソース煮《に》をそえた、イギリスの人気料理。

り、男の子たちは、どんどんベルトランをいじめるようになったのです。

「いろいろ言われんのは、おまえにも原因《げんいん》があるんだぞ。しょっちゅうかんしゃくだまを破裂《はれつ》させるだろ」と、ビッグ・サムは言いました。

「『かんしゃくだまを破裂《はれつ》』って、なんですか？」

「すぐにかっかするってことさ」

「かっか？」

「すぐ腹《はら》をたてるってことだよ！」

「だって、腹《はら》がたつんですから、しかたあーりませんよお」どうして腹《はら》をたてたらいけないのか、ベルトランにはまったくわかりません。

こんなふうに、ベルトランがすぐむきになるので、みんなはおもしろがって、ちょっかいを出すのでした。

ベルトランと同じように体の小さなチヂメも、最初《さいしょ》のうちはからかわれていました。でも、なにを言われても笑《わら》って受け流していたので、そのうちだれもちょっかいを出さなくなりました。チヂメはみんなに気に入られたのです。でも、ベルトランはきらわれてしまいました。ついたあだなからも、それはあきらかでした。

ベルトランは自慢《じまん》ばかりするので、『テング』とか、『ウヌボレ』とか呼《よ》ばれていました。いつもへアクリームをつけて髪《かみ》をきちっととととのえていたので、『キザ野郎《やろう》』とか、そのものずばり、『ヘアクリーム』と呼《よ》ばれることもありました。

ウワバミというあだ名の、角刈《かくが》りで、いつもにやにやしている男の子が、「あいつの髪《かみ》、くせえよな」と言うと、みんなはよってたかって、ベルトランのヘアクリームをトイレに流してしまい、汗《あせ》とりパウダーの缶《かん》の中身《なかみ》もすててしまいました。

「女みてえな野郎《やろう》は、うちの班《はん》ではおことわりさ」と、ウワバミは言いました。

シーツを真ん中から上に折《お》り返《かえ》しておき、ベッドに入ったとき、とちゅうでつっかえるように、いたずらされたこともありました。ベルトランが腹《はら》だちまぎれに、かけぶとんを床《ゆか》にけり落とすと、男の子たちは心配するふりをしました。でもそのすきに、べつの仲間《なかま》が、ふかふかの枕《まくら》を砂《すな》がぱんぱんにつまったものに、とりかえていたのです。

「いいか、カエル。なにをされても、笑《わら》ってりゃいいんだ」と、班長《はんちょう》のビッグ・サムはベルトランに言い聞かせました。

「いやです。おかしくもないのに笑《わら》えーません」

「いいから、笑《わら》ってすませろって」

「いやです」ベルトランは言いはりました。

「そうか。じゃあ、勝手《かって》にしろ」

そのあと、ベルトランに対するいじめは、さらにひどくなりました。一見《いっけん》たいしたことのない悪ふざけばかりなので、よけいにやっかいでした。

行進しているときに突《つ》き飛《と》ばされてよろけたベルトランは、校長先生――あだなは『フジツボ』――からじきじきに、「列を乱《みだ》すな！」と、きつくしかられました。靴《くつ》をきれいにみがいておいても、いつのまにかよごされてしまいますし、ベッドをきちんとととのえても、見ていないときに、くしゃくしゃにされてしまいます。その日の予定《よてい》や指示《しじ》も伝《つた》えてもらえなくなり、いつもベルトランだけが、とんでもない時間にとんでもない場所へ行ってしまうようになりました。

訓練中《くんれんちゅう》は失敗《しっぱい》ばかりで、つかのまの自由時間《じゆうじかん》は仲間《なかま》はずれにされました。ベルトランは、休憩室《きゅうけいしつ》の暖炉《だんろ》をかこむ輪《わ》の中にも入れてもらえず、すきま風が吹《ふ》きこむ窓《まど》ぎわに追《お》いやられてしまいました。

ベルトランには、だれもなにも貸《か》してくれませんし、手助けもしてくれません。だれかの家からさし入れがとどいても、おすそわけはまわってきませんでした。もちろん、ベルトランのおじさんとおばさんからは、なにも送られてきません。散歩《さんぽ》や映画《えいが》にさそってくれる仲間《なかま》も、いませんでした。

ひどいどしゃぶりのある夕方、船乗り学校の男の子たちは、こんな天気では映画《えいが》に出かける気にもなれず、みんな休憩室《きゅうけいしつ》にたむろしていました。

家族《かぞく》やガールフレンドに絵葉書《えはがき》を書いたり、新聞を読んだりしている子もいましたが、プレーヤーから流れる音楽に負《ま》けじと、大声でしゃべっているグループや、わあわあ言いながら卓球《たっきゅう》をしている四人組もいました。

ベルトランは、あんまりうるさいので、耳の穴《あな》に指をつっこんで、すきま風が入るいつもの窓《まど》ぎわで、英語《えいご》の文法《ぶんぽう》を勉強していました。

ベルトランのすぐそばでは、手先の器用《きよう》なウワバミが、ゴールデン号の模型《もけい》を作っていました。ウワバミはちょうど、鉛《なまり》のキール*を、木製《もくせい》の船体《せんたい》にとりつけようとしているところでした。

そのむこうでは、ベルトランの班《はん》の男の子たちがかたまって、クルミやチョコレートを食べながら、むだ話をしていました。みんなタバコを吸《す》いたいようでしたが、船乗り学校に入るとき、『研修中《けんしゅうちゅう》はタバコを吸《す》いません』という誓約書《せいやくしょ》にサインをさせられたので、がまんしていました。男の子たちは、口をもぐもぐさせながら、チョコレートの銀紙《ぎんがみ》やクルミの殻《から》を、暖炉《だんろ》の炎《ほのお》めがけて投げていました。でも、ほとんどうまく入りません。

きれい好《ず》きのベルトランは、ごみがちらかるのを見て、思わず顔をしかめました。一週間まえなら、すぐに立ちあがって、あてつけがましくごみをひろったことでしょう。でも、今はぐっとこらえて、

＊ 船底《ふなぞこ》のまん中を、たてにまっすぐ通っている、船の背骨《せぼね》にあたる部分。

そのままますわっていました。

ところが男の子たちは、ベルトランが顔をしかめたのに気づいて、クルミの殻《から》をベルトランにむかって投げつけてきました。

「カエルをおこらせてやろうぜー！」と言って、男の子たちはレコードをかけていた仲間《なかま》にも、合図《あいず》を送りました。

男の子たちは部屋のすみにあったプレーヤーを、ずるずるベルトランのほうへひっぱってきて、耳もとでがんがん鳴らしはじめました。レコードを替《か》えるたびに、みんなはベルトランをこづきましたが、ベルトランはいすの上で背中《せなか》を丸めただけで、あとは知らんぷりして、そのまま本に集中《しゅうちゅう》していました。

でも、そのあと肩《かた》をぽんとたたかれたときには、さすがにぎょっとして、とびあがりました。思わず顔をあげると、六、七人の男の子がベルトランをとりかこんでいたのです。いったいなんの用でしょう？　指を耳から引きぬいて、ベルトランは言いました。

「じゃましないでくーださい。ぼく、英語《えいご》の勉強しているだーけですから」

「英語《えいご》の勉強なんか、やめとけって。それより、おれたちにフランス語《ご》を教《おし》えてくれよ」と、チヂメが言いました。

「そんなの、信《しん》じらーれません」

「おれたち、本気で習《なら》いたいんだぜ」

ベルトランは、うたがわしげに男の子たちを見つめました。でも、みんなは、なにくわぬ顔でにこにこ笑《わら》っています。

「だってえ、とってもいいチャンスですもの！」と、だれかが女の子っぽく言いました。やっぱり、からかわれているのはまちがいありません。

「じゃましないでくーださい」と、ベルトランはくり返しましたが、男の子たちは引きさがりませんでした。

「ほんとうだよ。ほんとうに、教《おし》えてほしいんだよ」

一人が、女の子のまねをした仲間《なかま》の首ねっこをつかむと、おなかにパンチを入れて、おしりをたたき、耳をひっぱりました。

「やることなくて、つまんねえからさ。なあ、フランス語《ご》を教《おし》えてくれよ」

「ほんとうですか？」ベルトランは、まだうたぐっていました。

「神にちかうぜ」

「うそをついたら、死んでおわびする」そう言って、指につばをかけ、首を切るまねをする子までいました。

こんなふうに親《した》しく話しかけてもらったのは、船乗り学校へ来てから、はじめてのことです。ほんとうはベルトランもたいくつでしたし、ずっとのけものにされてさびしかったせいもあって、ついみんなの言葉《ことば》を信《しん》じたくなりました。

「ほんとうに、ほんとうですか?」

ベルトランが念《ねん》を押《お》すと、みんなは口々に言いました。

「ほんとうだよ」

「神にちかうよ」

「な、教《おし》えてくれよ」

「ボンジュール*、とかいうやつをさ、たのむよ」

「おねがいだよ」

「カエルちゃん、仲間《なかま》だろ」

ごぞんじのとおり、ベルトランは教《おし》えるのが大好《だいす》きです。ここまで言われたら、もうがまんできません。

「わかりました。教《おし》えーましょう」

ベルトランは、小さいころ自分が英語《えいご》を習いはじめたときのことを思い出し、みんなに言いました。

「では、体の名前からいきますよ。ぼくが言ったとおりに、くり返してくーださい」ベルトランは立ちあがって、声を張《は》りあげました。

「ラ　テット。頭」

「ラ　テット。カエルの頭」と、みんなは声をそろえて言いました。

「ル　フロン。額《ひたい》」

「ル　フロン。カエルの額《ひたい》」

ベルトランは教《おし》えるのに夢中《むちゅう》で、みんながいちいち「カエル」をくっつけていることに気づきませんでした。

「レ　イユー。目」

「レ　イユー。カエルの目」

そのとき、男の子の一人が前に乗り出して、ベルトランの鼻をぐいっとねじりました。

「なあカエル、こいつはフランス語《ご》で、なんて言うんだ？」

ものすごく強く鼻をねじられたので、痛《いた》さで目の前がにじんで見えました。でも、泣《な》いているわけではありません。べそっかきの赤んぼうではないのですから、なみだなんか流《なが》すもんか、とベルトランは思いました。やっぱり、あのままおとなしく、本を読んでいればよかったのです。でも、もう手おくれでした。

「えーん、えーんって泣《な》くときは、フランス語《ご》ではなんて言うんだ？」

＊　フランス語で「こんにちは」というあいさつの言葉《ことば》。

「耳は、どうなんだ？」みんなはベルトランの耳をひっぱりました。

「腕《うで》は？」

「足は？」

「手は？」

そのたびに、言ったところをねじられたり、ひっぱられたり、たたかれたりして、ベルトランは、だんだん息が荒《あら》くなってきました。

「ヘアクリームはなんて言うんだ？　おい、ヘアクリームだよ」

「くさいってのは？」

「げーっ、こいつ、本気でくせえよ！」

「なあ、カエルを洗《あら》ってやろうぜ！」だれかがそう言いだすと、みんながつぎつぎに声を張《は》りあげました。

「こすって、においを落とせ！」

「やつのせっけんとくしを持ってこい！」

「なあ、カエル、風呂《ふろ》のことはフランス語《ご》でなんて言うんだ？」

「どっぷり水につけてやろうぜ」

「よーし、風呂場《ふろば》へ連《つ》れてくぞー！」

たくさんの手が、わっとのびてきました。押《お》されたりひっぱられたりして、体がばらばらになりそうです。でも、ベルトランは体がしなやかで、すばしっこかったので、うまく体をねじって逃《に》げ出《だ》し、ウワバミがいたテーブルにぶつかるまで、うしろ向きにさがっていきました。

ベルトランのシャツは、前がだらりとはだけ、えりが半分とれています。つねられたり、たたかれたりして、体はあちこち赤くなり、長い髪《かみ》はぐしゃぐしゃでした。

ベルトランは息をきらしながら、ひっしにさけびました。チクショーとか、バカヤローとかいう意味の言葉《ことば》でしたが、フランス語《ご》だったので、みんなには通《つう》じません。つばを飛《と》ばしながら、わけのわからないことをさけんでいるベルトランを見て、男の子たちはげらげら笑《わら》いました。

「いいぞ、カエル」

「もっと教《おし》えてくれよ」

「弱虫《よわむし》って、フランス語《ご》でなんて言うんだ?」

「なあ、教《おし》えろってば!」

歯止《はど》めがきかなくなった男の子たちは、大声でさけびました。

「おい、カエル!　風呂《ふろ》の時間だぞ!」

「さっさと連《つ》れてこうぜ!」

テーブルを背《せ》にしていたベルトランは、敵《てき》が近づいてくるのを見て、怒《いか》りとこわさでわけがわからなくなり、とりあえず手にふれたものをつかみました。それは、ウワバミがゴールデン号の模型《もけい》につけようとしていた、鉛《なまり》のキールです。ベルトランは、いちばん近くに来ていた相手《あいて》――チヂメにむかって、キールを思いきり投げつけました。

チヂメがうまいこと、かがんでよけたので、重い鉛《なまり》のキールは大きな窓《まど》ガラスにあたって、ガチャーン！ガラスがこなごなに割《わ》れ、大きな穴《あな》が開《あ》きました。そのとたん、雨と風が部屋の中に吹《ふ》きこみ、窓《まど》に割《わ》れのこっていたガラスの破片《はへん》が、音をたてて床《ゆか》に落ちました。

「やべえ！」さすがの男の子たちも、ぎょっとしました。

「カエル、おめえ、たいへんなことをやらかしたぜ！」

窓《まど》ガラスが割《わ》れた日のつぎの朝、ベルトランは校長室に呼《よ》び出《だ》されました。

「フジツボが呼《よ》んでるぜ。部屋に来いってさ」と、ベルトランに伝《つた》えてくれたのは、ウワバミです。

その口ぶりは、ベルトランのことを心配してくれているようでした。

そして今、ベルトランは、フジツボ校長の机《つくえ》の前に立っています。あちこちアザだらけで、体じゅうがずきずきしましたが、心の痛《いた》みにくらべたら、そんなのはなんでもありません。

「弁償金《べんしょうきん》は五ポンドだ。まったく、あんな短気《たんき》をおこして、恥《は》ずかしいと思わんのか」と、フジツボ校長は言いました。

「なあ、レセップス、こんなことでいいのか？　フランスでは優秀《ゆうしゅう》だったはずのおまえが、どういうわけだ。ここでの成績《せいせき》は、とてもすぐれているとは言えんぞ」

校長先生は身を乗り出し、きびしい口調《くちょう》でつづけました。

「あいつらは、おまえをやっつけて、ぼろぼろにしてやりたいんだろう。それはわかっとる……」

『ぼろぼろにする』という言葉《ことば》の意味は、ベルトランにもすぐにわかりました。なにしろ今、ベルトランはそれこそ、ぼろぼろのぞうきんになったような気分だったからです。

「だがな、男はそんなことでへこたれてちゃいかん。いいか、レセップス、よく考えてみろ。おまえは、イギリス人の男子《だんし》の中で、たった一人のフランス人だ。おまえを見て、フランス人はこの程度《ていど》か、と思われてしまってもいいのか？　それにおまえは、一部の生徒にとっては、やとい主《ぬし》のおいでもある。そのことを、もっと自覚《じかく》するんだな。このままじゃ、おじさんの顔は丸つぶれだぞ。だいたいおまえは、ほかの生徒《せいと》より高い教育を受けて、多くの経験《けいけん》を積《つ》んできたんじゃないのか？　それがこんな不始末《ふしまつ》をしでかすとは……まったく、失望《しつぼう》したぞ」

ベルトランは、のどにつまったかたまりをぐっとのみこみ、校長先生の頭の上のかべをじっとにらみながら、気持ちをおさえました。

「いいか、レセップス。わが校ではめったに落第《らくだい》は出さない。だが、このままの調子《ちょうし》だと、おまえはおじさんのもとへ送《おく》り返すしかなくなるぞ。そんな不名誉《ふめいよ》なことは、いやだろう?」

『失望《しつぼう》』『落第《らくだい》』『不名誉《ふめいよ》』。こんなことを言われたのは、生まれてはじめてです。ベルトランはどうしようもなくくやしく、みじめで、いたたまれない気分でした。

ベルトランはよろよろと校長室を出ると、そのまま宿舎《しゅくしゃ》に引きこもってしまおうと思っていました。ところが、とちゅうで班長《はんちょう》のビッグ・サムに呼《よ》びとめられたのです。

「おい、どこへ行くんだ?」

「えっ?」ベルトランがびくっとしてふりむくと、ビッグ・サムを先頭《せんとう》に、すっかり港《みなと》へ行く準備《じゅんび》をととのえた班《はん》のメンバーが、ずらりと整列《せいれつ》していました。みんな、大きな荷物をかついでいます。

「準備《じゅんび》はどうした? おれたちを昼まで待《ま》たせる気か? 荷物はどこだ?」と、ビッグ・サムはどなりました。

「荷物?」ベルトランは目を丸くしました。また、予定《よてい》を知らせてもらえなかったようです。でも、言いわけはせずに、だまってビッグ・サムの言うことを聞こうと思いました。

「おい、忘《わす》れてたのか? それとも、勝手に休めるとでも思ったか? まったく、おまえは、どこかの国の王子さまか?」

そしてビッグ・サムは、ゆっくりと、わざとあらたまった口調《くちょう》でつづけました。

「王子さま、今日は、いよいよわが班《はん》がゴールデン号で船出《ふなで》する日でございますぞ。本日より四日間、船の上ですごすことになりますゆえ、歯ブラシなどの洗面用具《せんめんようぐ》、替《か》えの靴下《くつした》などが必要《ひつよう》かと……あー、あほらしい。ほらほら、三分やるから荷物をまとめてこい。ぐずぐずするなっ！」


「いっち、に、いっち、に！　左《ひだり》、右《みぎ》、左、右！」

男の子たちは、たて一列になって町を行進していきました。ベルトランは最後《さいご》から二人め、いちばんうしろはウワバミです。

「いっち、に、いっち、に！」

隊列《たいれつ》は、庭のある家々の前をすぎ、ガソリンスタンド、礼拝堂《れいはいどう》、救命《きゅうめい》ボート置《お》き場《ば》、教会の前を通っていきました。でも、船乗り学校の生徒《せいと》たちが町の中を行進するのはいつものことですから、わざわざ顔をあげてそちらを見る人はいませんでした。

じつは、ベルトランは、ペンヘリグの町の人たちのほうが、船乗り学校の生徒《せいと》たちより、ずっと親《した》しみやすいと思っていました。黒髪《くろかみ》で、背《せ》がひくくて、英語《えいご》がなまっているところが自分とよく似《に》ていたからです。

でも、ほかの男の子たちはしょっちゅう町へ出て、地元《じもと》の人たちと——ほとんど女の子目あてでしたけれど——仲《なか》よくなっているというのに、ベルトランはまだだれとも、あいさつしたことさえありません。おまけに、今朝《けさ》はすっかり気持ちが落ちこんでいたので、町のようすなどまったく目に入りませんでした。

弁償金《べんしょうきん》五ポンド！　もちろん、請求《せいきゅう》はフランスにいるお父さんにいくはずです。家族《かぞく》のみんなは、どう思うでしょう。ベルトランは考えただけで、ぞっとしました。『失望《しつぼう》』『落第《らくだい》』『不名誉《ふめいよ》』。ロンドンのおじさんとおばさん、そして、いとこたちが、それ見たことか、と笑《わら》う顔も目に浮《う》かびます。それでもベルトランは、だまって行進しつづけるしかありませんでした。

「いっち、に、いっち、に！　左《ひだり》、右《みぎ》、左、右！」

横なぐりの雨が顔をたたき、足はびしょぬれ、むかう先の海は黒っぽく、来る者をこばんでいるように見えました。空はますますどんよりとして、いつ嵐《あらし》になってもおかしくない雲ゆきです。これまででいちばんひどく酔《よ》いそうだ、と思ったとたん、体じゅうがぞーっとしました。みじめさと恥《は》ずかしさが心に重くのしかかり、今にも胸《むね》が張《は》り裂《さ》けそうでした。

生徒《せいと》たちの隊列《たいれつ》は、海岸通りにさしかかっていました。通りの山側《やまがわ》には、背《せ》の高いおやしきがならんでいます。

ちょうどスルエリン家の子ども部屋にいたブロドウェン・オーエンさんの耳にも、行進の足音が聞こえてきました。ブロドウェン・オーエンさんにとっても、船乗り学校の生徒《せいと》なんて、めずらしくもなんともありません。なのに、今日はどういうわけか、そうじの手をとめて、行進のようすを見る気になりました。

そして、外をながめようと窓《まど》から身を乗り出したとき、思わず手に持っていたハタキをぱたぱたやってしまい、見晴《みは》らし台の上にいたカーリーを、いきおいよくはたいてしまったのです。

手すりがこわれてごっそりなくなっていたので、カーリーの体を受けとめてくれるものは、なにもありませんでした。ハタキにはね飛《と》ばされたカーリーは、人形の家の見晴《みは》らし台から落っこちて、子ども部屋の窓台《まどだい》をころがり、開《あ》いていた窓《まど》から、そのまま外へまっさかさま――。

ブロドウェン・オーエンさんの悲鳴《ひめい》を聞いたシャーンとケネスが、窓《まど》にかけよったときには、もはや手おくれでした。カーリーが空中をくるくるまわりながら、おやしきの下まで落ちていくのを、だまって見ているしかなかったのです。

カーリーは、さらに下の道路《どうろ》へころげて行き、深い水たまりの中に、ボッチャーン！　それが、ちょうど歩いてきたベルトランの足もとでした。

ベルトランは、落ちてきた人形をふむまいとして、おろそうとしていた足をひょいと横にずらしました。そのすぐあとに、「足なみを乱《みだ》すな！」という、ビッグ・サムのどなり声が飛《と》びました。

テニスをやっていたおかげで、ベルトランの足は、すばやく動かしても、もつれません。ベルトランは、うしろから来るウワバミのごついブーツにふみつぶされてはたいへんだと思い、とっさにこしをかがめると、泥《どろ》まみれでびしょぬれの人形をひろいあげ、行進の足はとめずに、さっとズボンのポケットに放《ほう》りこみました。

シャーンは、子ども部屋の窓《まど》から、そのようすをぜんぶ見ていました。そんなのうそだ、とケネスは言いましたが、ほかの男の子とちがって、髪《かみ》がまっ黒で体の小さいベルトランのすがたは、シャーンの目にぱっと飛《と》びこんできたのです。シャーンも、同級生《どうきゅうせい》の中ではいちばん体が小さくて、髪《かみ》の色が黒かったからでしょう。

とにかく、ベルトランがカーリーをひろいあげて、そのまま行進していくのを、シャーンはちゃんと見ていました。

「ほんとうよ。黒い髪《かみ》の男の子がカーリーをひろって、そのまま行進していったの。あたし、ちゃんと見てたのよ」と、シャーンは言いました。

ベルトランも一瞬《いっしゅん》だけおやしきを見あげ、窓《まど》から身を乗り出して心配そうに下を見ている子どもたちの黒い頭と、ブロドウェン・オーエンさんの金髪《きんぱつ》を目にとめました。とくに、こっちをじっと見

ている黒髪《くろかみ》の女の子の小さな頭を見て、妹のマリー・フランスの小さいころにそっくりだなあ、と思いました。

「だいじょうぶだよ。きみのお人形は、ぼくがきっと返しに来るからね！」と、ベルトランが手をふってさけぼうと思ったちょうどそのとき、ビッグ・サムが「かけ足！」と、号令《ごうれい》をかけました。あっというまに、船乗り学校の生徒《せいと》たちは走《はし》り去《さ》っていきました。そのうしろすがたを、シャーンは、不安《ふあん》な気持ちでただただ見つめていました。

人形の家の窓辺《まどべ》にいたシャーロット先生も、すべてを見ていました。男の子たちは一列になって埠《ふ》頭《とう》まで走っていくと、桟橋《さんばし》の上で立ちどまりました。そして整列したまま、しばらく指導《しどう》教官《きょうかん》の話を聞いたあと、列《れつ》を乱《みだ》さずゴールデン号へ乗りこんでいったのです。

「ああ、カーリーが、男の子といっしょに船に乗ってしまったわ……」と、シャーロット先生はおそろしそうにつぶやきました。

しばらくするとゴールデン号は、エンジン音をひびかせながら埠頭《ふとう》を離《はな》れ、少しバックして向きを変《か》えると、入江《いりえ》に乗り出していきました。まもなく帆《ほ》が張《は》られ、船は外海《そとうみ》にむかって帆走《はんそう》しはじめました。

そして三十分もすると、ゴールデン号は、はるかかなたの海上で小さな点になり、やがてすっかり消えてしまいました。

「ああ、なんてことでしょう！　また一人、うちの人形がいなくなったなんて……。なにかのまちがいだと言ってちょうだい！」カーリーのことを知らされて、お母さん人形のローリー夫人《ふじん》は、なげきました。

お姉《ねえ》さん人形のドーラは、口を開《ひら》くこともできません。シャーロット先生は、ゴールデン号が見えなくなってしまうと、窓辺《まどべ》で気を失《うしな》い、ばったりたおれてしまいました。

シャーンは先生をひろいあげ、ベッドに寝《ね》かせると、言いました。

「あたし、ブロドウェン・オーエンさんのこと、ぜったいにゆるさない」

いつもはおとなしいシャーンですが、大好《だいす》きなカーリーのこととなれば、話はべつです。

「カーリーは、あたしのいちばん好《す》きなお人形だったのよ。あたし、ぜったいにゆるさない。ゆるすもんですか！」シャーンはくちびるをかんで、泣《な》かないようにがまんしました。

「わたしも、お母さんがトーマスをあげちゃったとき、ゆるせないと思ったわ。でもね、やっぱり、ゆるしてあげたのよ」と、お姉《ねえ》さんのデビーがなだめました。

それに、ブロドウェン・オーエンさんは、心から申しわけなく思っているようなので、ゆるしてあげないわけにはいきません。

「カーリーみたいなお人形を、買ってきてあげますから」と、ブロドウェン・オーエンさんは言いました。

「カーリーみたいなお人形なんて、いないもん」シャーンがそうつぶやくと、デビーもうなずきました。

「そうね。人形博物館《はくぶつかん》にも、カーリーみたいな人形はほかになかったし、似《に》たお人形も見たことないわ」

「カーリーはたった一人しかいないもん。世界じゅうさがしたって、いるわけないもん」と、シャーンは言いました。そのとき、カーリーがいつも持っていた青い旗《はた》が、シャーンの目にとまりました。ハタキがあたったときに、カーリーの手から落ちたのでしょう。シャーンは胸《むね》がいっぱいになって、とうとう泣《な》きだしてしまいました。

お兄《にい》さんのケネスまで、なんだかしゅんとしています。おやしきの子ども部屋と人形の家は、すみからすみまで深い悲しみに包《つつ》まれ、「ああ、また一人いなくなった。いなくなってしまった……」と、なげく声が聞こえるようでした。

「だから言ったじゃないですか。この人形の家には、男人形が居《い》つかないんだって。あたしの思ってたとおりになってしまいましたねえ」と、メイド人形のモレロが言いました。

でも、双子《ふたご》人形のパールとオパール、それに、ウェールズ人形のルイスさんだけは、落《お》ち着《つ》いていました。

「カーリーは行くって言ってたもんね」と、パールが言いました。

「そうよ。海に行くってね」と、オパールも言いました。

「船に乗って、行くって言ってたもん」パールが言いました。

「そうよ。トーマスをさがしに行くってね」オパールも言いました。

すると、ルイスさんのセルロイドが、そのとおりですよ、と言うように、ペチペチッと大きな音をたてました。

いっぽうカーリーは、自分の身になにがおきたのか、まったくわかっていませんでした。ブロドウェン・オーエンさんのハタキにいきおいよくはね飛《と》ばされたとたん、頭がぼうっとなってしまったのです。そのうえ、おやしきの上の階《かい》の窓《まど》から下の道まで落ちたのですから、小さな人形にとっては、もうたいへんなことでした。そのまま道路《どうろ》にたたきつけられていたら、いくらカーリーががんじょうなせとものでできていても、こなごなになってしまったことでしょう。そしたら、このお話もそこでおしまいでした。でも、カーリーが落ちたのは、運のいいことに、深い水たまりの中だったのです。

水がはねる音がしたと思うと、カーリーは、水と泥《どろ》の中にしずみました。目の前がまっ暗《くら》になって、息がつまりそうでした。でも、すぐにベルトランがすくいあげて、ズボンのポケットに放《ほう》りこんでくれたのです。

ところが、ポケットの中も、暗《くら》くて息苦《いきぐる》しいところでした。おまけに、ベルトランがほかの生徒《せいと》たちといっしょに港《みなと》へむかってかけだすと、カーリーの体はポケットの中で、ゆさゆさはげしくゆさぶられました。

しばらくすると、カーリーの耳に、だれかのどなる声がぼんやり聞こえてきました——ビッグ・サムが、乗船《じょうせん》の号令《ごうれい》をかけていたのです。そして、ギィギィと板のきしむ音や、たくさんの足音がしました——いよいよゴールデン号の出航《しゅっこう》です。水しぶきの音とエンジンの音につづいて、熱《あつ》くなったオイルのにおいがしました。船が進みだすと、船《ふな》べりに水があたる音とカモメの鳴き声とが、いっしょくたになって聞こえてきました。

そのあと、エンジン音がぱたりとやんで、何人もの人が大声を出しながら、あっちこっち走りまわる音がしはじめました。なにかがきしむ音や、カラカラとすべるような音、そしてロープがピシッと張《は》られるような音がして、あたりはふしぎなほどしーんとなりました——ゴールデン号の帆《ほ》があがったのです。

でもカーリーは、自分が海の上にいることに気づいていませんでした。ベルトランのポケットの中はあたたかく、ぬれた体はズボンの布《ぬの》のおかげでだいたいかわいていました。ベルトランの動きに合わせて、カーリーは体をよじらせて向きを変《か》え、どうにかポケットの小さなやぶれ目を見つけました。これで新鮮《しんせん》な空気にふれられますし、外のようすもながめられます。

でも、カーリーはあまりのショックに頭がまだぼうっとしていたので、とても外をながめる気になれませんでした。とにかく、もうくたくただったのです。暗《くら》くて、あたたかいベルトランのポケットの中で、気持ちがいいなあと思っているうちに、いつしか、ぐっすり眠《ねむ》ってしまいました。

さて、ベルトランは、今回まったく船酔《ふなよ》いしていませんでした。

出帆《しゅっぱん》まえは、ゴールデン号で入江《いりえ》から大海原《おおうなばら》へ出ていくなんてとんでもない、外の海はものすごく波が荒《あら》いのに、と思っていました。四日間も海の上にいるなんて、考えただけで生きた心地《ここち》がしませんでした。

じっさい、ゴールデン号は大きな波をいくつも乗《の》りこえながら、突《つ》き進《すす》んでいました。波しぶきが甲《かん》板《ぱん》にかかるほどの高波にもまれ、船体は上下にはげしくゆれ、へさきが波にのみこまれそうに見えました。それでも、ベルトランはとても気分がよく、海の上にいるのが楽しいような気さえしていました。

はげしい風がおさまると、ゴールデン号は快調《かいちょう》に進みはじめました。張《は》り広げられた帆《ほ》は青空に美しく映《は》え、帆布《ほぬの》のあいだを吹《ふ》きぬける風は、とてもさわやかです。灰色《はいいろ》がかっていた海面も、今は青緑色《せいりょくしょく》にもどっていました。

船酔《ふなよ》いしなかったせいでしょうか、ベルトランはなにもかも手ぎわよく、さっさとこなし、午前中は一度もビッグ・サムにどなられませんでした。

昼食は、いつもどおり苦手《にがて》なイギリス風《ふう》ソーセージとマッシュポテトでしたが、ベルトランは、コックの食事開始《かいし》の合図《あいず》とともに、のこさずぺろりとたいらげました。

「カエル、いったい、どういう風の吹《ふ》きまわしだ?」と、ビッグ・サムが話しかけてきました。

「あ……えー、わかりーません」と答《こた》えたあとで、ベルトランは、なんとサムに、にっこり笑いかけたのでした。

その日の午後、ビッグ・サムは、ベルトランにゴールデン号の舵《かじ》をとらせてくれました。持つ手にちゃんと力を入れていないと、舵輪《だりん》は波の力ですぐにくるくるまわってしまいます。サムが設定《せってい》した針路《しんろ》にむくよう船を進めるためには、羅針盤《らしんばん》の針《はり》がぶれないように、舵輪《だりん》を押《お》さえたり、まわしたりして、ひっしにあやつらなければなりません。

舵輪《だりん》をにぎっていると、ゴールデン号の船体《せんたい》がまるで生きているかのように、あがったりさがったりするのが感じられました。巨大《きょだい》な海の馬、ヒポカンポス*にでも乗っているような感じです。

* ギリシャ神話に登場する、海の神ポセイドンの馬車をひく怪物《かいぶつ》。半身が馬、半身が魚《さかな》のすがたをしている。

ベルトランは髪《かみ》をうしろになびかせ、ほおを上気《じょうき》させて、誇《ほこ》らしい気分を味わっていました。こんなにいい気持ちになれたのは、船乗り学校に来てはじめてのことでした。

こんなことがおきているとは知らずに、カーリーは、ベルトランのポケットの中ですやすや眠《ねむ》っていました。ベルトランも、日がしずむころまで、ひろった人形のことなどすっかり忘《わす》れていました。

ビッグ・サムの指示《しじ》で午後四時から八時まで、同じ班《はん》のウワバミといっしょに船首《せんしゅ》で見張《みは》りについていたベルトランは、手すりによりかかったとき、ポケットになにか、かたいものが入っているのに気づいて、カーリーをとり出しました。

水たまりからすくいあげたときはよく見もしませんでしたが、今、手の中にあるのは、小さな男の子の人形で、なんと水兵服《すいへいふく》を着ています。ベルトランは、思わずフランス語で、「すごいぞ、ちびっこ水兵《すいへい》だ!」と、声をあげました。

「海の男にぴったしのマスコットだな」と、ウワバミがベルトランの肩《かた》ごしにのぞきこみながら、仲《なか》間《ま》に話すような口ぶりで言いました。

マスコットというのは、フランス語でも英語《えいご》でも同じような発音《はつおん》なので、ベルトランにもすぐにわかりました。

「はい。だけど、これ、帰ったら、あの女の子に返さなければなーりません。でも、船の上にいるあいだ、ぼくのマスコットにしますよ」

それからふいに、ベルトランは、今日はほんとうにいい日だった、船乗り学校に入ってこんなに楽しかった日はなかったなあ、としみじみ思いました。

「きっと、この人形が幸運《こううん》を運んでくれたのですねえ。はい、ぼく、この人形、海にいるあいだ、ずっと身につけておきます」ベルトランはそう言うと、ジャンパーの首のあたりにあったやぶれ目に、人形をぐいっと押《お》しこみました。

おかげでカーリーは、胸《むね》のあたりまでベルトランのジャンパーの中に入ったまま、まわりのようすがすっかり見わたせるようになりました。

「わーい、見える見える！」と、カーリーは声をあげました。

これまでずっと、博物館《はくぶつかん》や、トランクの中や、人形の家の中ですごしてきたカーリーは、おぼえているかぎり、外へ出たのははじめてでした。それに、海の上ほど広々《ひろびろ》とした外というのも、めったにありません。

空は晴《は》れわたり、さわやかな夕暮《ゆうぐ》れどきでした。ただ、風はまだ強かったので、カーリーは、やぶれ目の中につっこんだ足をぐっとふんばってベルトランの体にくっついていないと、風に吹《ふ》き飛《と》ばされてしまいそうでした。ベルトランの真正面《ましょうめん》から風が来ると、さらにたいへんで、かたいせとものの体にいっそう力をこめないと、風に押《お》しつぶされて、ぺちゃんこになってしまう気がしました。カーリーの目が顔にくっついたガラス玉でなければ、きっと何度もまばたきをしたことでしょう。口が

開くように作られていたら、はあはあと苦しそうに息をしたかもしれません。

でもカーリーは、なんといっても勇敢《ゆうかん》な船乗り人形です。そのうち風にも慣《な》れてきて、まわりのようすがちゃんと目に入るようになりました。

カーリーは、自分がどこにいるのか、すぐにはわかりませんでした。目の前の海は、人形の小さな目で見ると、あまりにも広くて大きくて、なにがなんだかわからなかったのです。

そのとき、水平線《すいへいせん》のむこうへしずんでいく太《たい》陽《よう》が目にとまりました。人形の家の窓《まど》からいつも見ていましたから、それが太陽《たいよう》だということは、カーリーにもすぐにわかりました。太陽《たいよう》は、もえさかるまっ赤なボールのようになって、水平線《すいへいせん》の下へしずんでいくところでした。

夕日からゴールデン号にむかって、金色の太い光の帯《おび》が、海の上に長く、まっすぐのびています。緑や青みがかった灰色《はいいろ》の水が、船にいきおいよくぶつかってはしぶきを吹《ふ》きあげ、足もとが上下するたびに、まわりの水もあがったりさがったりして見えます。カーリーの顔にも、しぶきがふりかかりました。冷《つめ》たい、ほんものの海の水です。

「やったあ！　海だ！　とうとう海に出たんだーっ！」

でも、いったいどうやってここまで来たのか、カーリーは思い出せませんでした。ブロドウェン・オーエンさんがハタキがけをしていたこと、はね飛《と》ばされて窓《まど》の外に落ちたことまではおぼえていたのですが、そのあとなにがあったのかも、それがいつのことだったのかも、まったくわかりません。

けれども今、海の上にいて、大きな船に乗っているのはたしかです。カーリーは帆《ほ》を見あげました。胸《むね》がどきどきして、せとものの靴《くつ》の中で、せとものの足の指先がびりびりっとふるえたような気がしました。

「ぼく、船に乗ってるんだ！　それも、すごく大きくて、りっぱな船に！」

カーリーの目に、ゴールデン号はほんとうにとても大きく見えたのです。この船はきっとフランスへ行くんだ、とカーリーは考えました。ぜったいそうだ！

でも、ここにいる二人の船員は、どちらもほんものの船乗りには見えません。制服《せいふく》を着ていないし、金モールも金ボタンもつけていないし、カーリーのような水兵服《すいへいふく》さえ着ていないのです。カーリーは、この二人は船乗り学校の生徒《せいと》にちがいない、と思いました。

「やったあ！　船乗り学校だ！　ぼくも、船乗り学校へ入れたんだ！」カーリーは、うれしくてたまりませんでした。

「ぜったい入れっこない、紙の旗《はた》で遊《あそ》んでなさいって、モレロにばかにされたけど、ほら、このとおり、ぼく、船乗り学校の生徒《せいと》とちゃんと船に乗ってるよ！」

たしかに、ベルトランには運がむいてきたようでした。ゴールデン号の上では救命胴衣《きゅうめいどうい》をつけなくてもいいので、いつもよりすばやく動けましたし、どんな作業もビッグ・サムの指示《しじ》どおりにできました。それに、酔《よ》って気持ちが悪くなることも、まったくなかったのです。

ベルトランは、笑《わら》いながらビッグ・サムに話しかけました。

「ぼく、一度もサバにやられていませんよ。きっと、マスコットのおかげです、ねえ！」

カーリーは、ベルトランのジャンパーのやぶれ目にうまくはまっていたので、ベルトランといっしょにどこへでも行けました。

あるとき、ウワバミが、「なあ、そいつをピンで服にひっつけとけよ」と、ベルトランに忠告《ちゅうこく》してくれました。でも、ベルトランは、なにを言われたのかわかりませんでした。船乗り学校の男の子たちの話し方に少しずつ慣《な》れてきたとはいえ、まだ聞きとれないことも多かったのです。

ベルトランとカーリーにとって、いっしょに海の上ですごした日々は、一生忘《わす》れられない思い出になりました。

二人は、ロープをきちんと巻《ま》く手順《てじゅん》や、綱止《つなど》めに結ぶ方法《ほうほう》、帆《ほ》の上手《じょうず》なおろし方をおぼえたり、船のへりにはぜったいに手を置《お》いてはいけないということを、ビッグ・サムからおそわったりしました。

「ずっとむかしからの、きまりごとさ」と、サムは言いました。

甲板《かんぱん》と船室をつなぐ階段《かいだん》はコンパニオン、調理場《ちょうりば》はギャレー、船尾《せんび》から船首にむかって右側《みぎがわ》は右舷《うげん》、左側《ひだりがわ》は左舷《さげん》と呼《よ》ぶことも知りました。夜になると、右舷《うげん》には緑色のライトが、左舷《さげん》には赤いライトがともります。

ベルトランは、寝《ね》るまえにはいつも、ジャンパーのやぶれ目からカーリーをとり出して、パジャマのポケットに入れました。ですから、ハンモックのつるし方とその寝心地《ねごこち》、朝の四時におきるつらさも、二人はいっしょに体験《たいけん》したのです。

ベルトランとカーリーは、毎日午後四時から夜の八時まで見張《みは》りに立ち、水平線《すいへいせん》に太陽《たいよう》がしずむのをいっしょにながめました。そして、夜明けにも見張《みは》りの番がまわってくるので、東の空に太陽《たいよう》がのぼるところも見ることができました。

ぼくが船乗りじゃないなんて、もうモレロにだって言わせないぞ、とカーリーは思いました。

ところで、船乗り学校の生徒《せいと》たちは、まだベルトランをのけものにしていました。ときどき話しかけてくれるのは、見張《みは》りのときにいっしょに組んでいるウワバミだけです。

ほかの男の子たちは口をそろえて、「カエルとは話が合わねえよ」と、言っていました。

ベルトランは、「これ、ぼくのマスコットです」と言って、みんなの前でにっこり笑《わら》い、カーリーをなでてみせたりもしました。

「大切《たいせつ》にしてるんです。お守《まも》りなんですよ。いいでしょ?」

でも、だれも返事をしてくれません。

「やっぱ、カエルの話はわけわかんねえよなあ」と言って、男の子たちは離《はな》れていってしまいました。

「どうしてだろう?」と、ベルトランは思いました。「ここへ来るまえは、みんなから好かれていたのに……。いや、どうかな、ほんとにそうだったのかなあ……?」

ベルトランは、今までのことを思い返してみました。ベルトランの顔を見ると、妹のマリー・フランスは部屋にこもってしまい、弟のピエールは逃《に》げ出《だ》しました。そして、お父さんとお母さんにはイギリスへ、おじさんとおばさんにはウェールズへ行くように、と言われたのです。

まわりの人たちが自分をやっかいばらいしたがっていたことに、ベルトランはようやく気づきました。

「家族《かぞく》も、ここのみんなも、ぼくのことなんか好《す》きじゃないんだ。きらってるんだ。ぼくを好《す》きな人なんて、だあれもいないんだ。でも、どうしてかな？　なんでなのかなあ？」


夜中、ベルトランとカーリーとウワバミが見張《みは》りに立ち、班長《はんちょう》のビッグ・サムがたった一人で舵《かじ》をとっていると、あたりはとても静《しず》かです。ほかの人はみな、ぐっすり眠《ねむ》っていて、海は、まるで貝の中を波が洗《あら》うような、かすかな音をたてているだけでした。

静《しず》けさの中で、ベルトランは自分が今までどんなにうるさがられていたか、思い返していました。

だれかれかまわず、なんでも教えたがり、自分の意見《いけん》を押《お》しつけ、ああしろこうしろと命令《めいれい》してばかりいたのです。船乗り学校へ入ってはじめて、他人《たにん》からああしろこうしろと言われたり、ひっきりなしに命令《めいれい》されたりするのが、どんなにいやなものか、骨身《ほねみ》にしみてわかりました。

「やっぱり、ぼくはなまいきだったのかなあ。うぬぼれ屋《や》なのかなあ。みんな、ぼくが思いあがってるって言ってたもんなあ……」

ベルトランは、ふとカーリーに目を落としました。右舷《うげん》のライトに照《て》らされたカーリーは、緑色に光っています。そして、ベルトランが左舷《さげん》へ動《うご》けば赤くなり、マストの上に浮《う》かぶようについているライトに照《て》らされれば、金色にかがやきます。どんな色になっても、カーリーはうれしそうで、元気いっぱいに見えました。そんなカーリーを見ているうちに、ベルトランは、これまでの自分が恥《は》ずかしくなってきました。

それからというものベルトランは、夜になると、フランスにいる家族《かぞく》のことを思《おも》い浮《う》かべました。お母さん、お父さん、妹のマリー・フランス、弟のピエール。みんな、ぼくに会いたいと思っているかなあ……。

でも、会いたがっている人などいるはずないのは、わかっていました。そう考えると、胸《むね》がしくしく痛《いた》みます。そんなとき、胸《むね》のすぐ上のやぶれ目にはさまっている小さな人形の重みを感じると、なんだかほっとするのでした。

ベルトランは、ジャンパーのやぶれ目に気持ちよさそうにおさまっている小さな水兵《すいへい》人形を見つめ、この人形だけは、ぼくのことを好《す》きでいてくれるんじゃないかな、と思いました。

「この人形は、ぼくの友だちなんだ……」

真夜中にひとりぼっちで目を覚《さ》ましていると、人はへんなことを考えるものです。もうすっかり大きくなった男の子が、人形と友だちになるなんて、めったにあることではありません。シャーンのお兄《にい》さんのケネスには信じられないでしょうが、ベルトランには、ほんとうにカーリーが友だちのように思えました。

「この人形は、ぼくにとって、ただのマスコットじゃない。それ以上《いじょう》のものだ。えっと、みんなが使っている言葉《ことば》、なんだっけ……そうだ、相棒《あいぼう》だ！　こいつは、ぼくの相棒《あいぼう》だ！」

「ゴールデン号は、きっとまたもどって来るわ。いつも三日か四日で帰ってくるもの。そしたら、あの男の子が、カーリーを返しに来てくれるかもしれない」

シャーンがそう言うと、ケネスは、そんなのありっこない、と言い返しました。

「船乗り学校の生徒が、人形のことなんか、かまうもんか」

「じゃあ、カーリーをひろって、どうしちゃったって言うの？」シャーンはどきどきしながら、ケネスの答えを待《ま》ちました。

「海にすてちまったのさ」とケネスが言ったので、シャーンは、わっと泣《な》きだしてしまいました。

人形の家の中では、人形たちが、「今の話、聞いた？」と、ささやきあっています。

お母さん人形のローリー夫人《ふじん》は、いつものように、机《つくえ》で書きものをしているところでした。お姉《ねえ》さ

ん人形のドーラはピアノの練習中《れんしゅうちゅう》で、双子《ふたご》のパールとオパールは輪《わ》っかをころがして遊《あそ》んでいて、赤んぼうのバブちゃんはゆりかごの中で眠《ねむ》っていました。気を失ったあと、また目を覚《さ》ましたシャーロット先生は、居間《いま》のテーブルに教科書を広げています。メイドのモレロは台所にいて、子守《こもり》のルイスさんは、ゆりいすにこしかけ、ぬいものをしていました。

なにがあっても、人形たちも人間と同じように、これまでの暮《く》らしをつづけていかなくてはなりません。でも、カーリーがいない生活は、ほんとうに悲しくてさびしいものでした。

「カーリーは、ここへ来て間《ま》がないけれど、みんなあの子が好《す》きでしたものね」と、ローリー夫人《ふじん》が言いました。

「カーリーが笑《わら》うと、家の中が明るくなったよね」パールが言いました。

「カーリーの目は青くて、きらきらしてたよね」オパールが言いました。

「カーリーがいるだけで、みんな元気になれたわね」ドーラも言いました。

「それに、あの子は男の子だった……」シャーロット先生は、なつかしげにつぶやきました。

すると、モレロがまた、不吉《ふきつ》なことを言いました。

「男の人形は、この家には長くいられないんですってば」

ほんとうに、モレロの言うとおりなのかもしれません。人形たちは悲しくなり、押《お》しだまってしまいました。

そのとき、海のほうから、そよ風が人形の家の中に吹《ふ》きこんできたかと思うと、キィキィという音が聞こえました。人形の耳くらい小さな耳でないと聞きとれないような、かすかな音です。人形たちにはその音がはっきりと聞こえましたから、みんなそろって耳をすましました。

それは、ルイスさんのゆりいすがゆれる音でした。ルイスさんのセルロイドの体はとても軽《かる》いので、ほんの少し海風が吹《ふ》きこんだだけでも、すわっているいすがゆれてしまうのです。


シャーンの言ったとおり、ゴールデン号は四日後の昼さがりに、外海《そとうみ》からもどってきました。入江《いりえ》に広がる水はまっ青《さお》で、波はおだやかでした。

船が入江《いりえ》に入るとき、カーリーはわくわくしていました。フランスに着《つ》いたと思っていたからです。ペンヘリグの海岸や町を、海のほうから見たことはなかったので、もとの場所に帰ってきたとは思いもよりませんでした。

「わーい、フランスだ！　港《みなと》に着《つ》いたら、すぐにトーマスをさがしに行くぞ！」と、カーリーは言いました。

そのとき、ベルトランは甲板《かんぱん》に立っていました。ですからカーリーは、あたりをすっかり見わたすことができました。入江《いりえ》と、そのむこうにそびえる山々、そして、小さな灰色《はいいろ》の町。

「フランスだ！　フランスだ！」

ゴールデン号が入江《いりえ》をぐんぐん進むにつれ、町なみがどんどん近づき、大きく見えてきました。

あれは埠頭《ふとう》かな？　桟橋《さんばし》と倉庫《そうこ》も見える……。それから、船乗り学校のボートやヨット、カヌーもある！　生徒《せいと》たちがオールでボートをこいだり、ヨットをあやつって走らせたり、カヌーで一列になって進んだりするのを、カーリーはおやしきの窓《まど》から何十回も見てきました。フランスにも、船乗り学校があるのかな？　カーリーは首をかしげました。

でも、急斜面《きゅうしゃめん》にひな壇状《だんじょう》に立ちならぶ家々や、海岸通りの白黒の杭《くい》と鎖《くさり》が目に入ると、フランスがこんなにペンヘリグそっくりなのはやっぱりおかしい、という気がしてきました。港《みなと》のまわりをカモメが飛《と》びかっているのも、赤い花を飾《かざ》ったお店がたくさんあるのも、その花がゼラニウムなのも、ペンヘリグの町とまったく同じです。

「ここはフランスじゃないの？　ああ、フランスなんかじゃない。ここは……ここは……うわあ、ペンヘリグにもどって来ちゃった！」

がっかりしたカーリーは、足をふんばっているのをうっかり忘《わす》れてしまいました。おまけに、ジャンパーのやぶれ目が、カーリーの体の重みでかなり広がっていたのです。それに、ウワバミの忠告《ちゅうこく》がよくわからなかったベルトランは、カーリーをピンでとめてもいませんでした。

ゴールデン号が、青くすきとおった水をかきわけ、ずんずん港《みなと》に近づいていったとき、甲板《かんぱん》にいたベルトランは、ロープをひろいあげようとこしをかがめました。そのとたん、カーリーは、やぶれ目からまっさかさまに落ちてしまったのです！　子ども部屋《べや》の窓《まど》から落ちたときと同じように、ベルトランの体から船《ふな》べりを越《こ》え、海の中へボッチャーン！

水しぶきがあがり、丸い波紋《はもん》が広がりました。

「おい、カエル！　おめえのマスコットが……マスコットが落ちたぞー！」ウワバミは、非常時《ひじょうじ》の合《あい》図《ず》さながらに大声をあげました。

ウワバミの声を聞きつけたほかの男の子たちは、からかうようにさけびました。

「よお、カエル。大事《だいじ》なマスコットちゃんをなくしちまったな」

「かわいいお人形ちゃんだったのになあ」

「これでおめえも運《うん》のつきだな」

「なあ、カエルちゃん……」

ところがそのとき、からかう声がぱたりとやみ、ウワバミの声だけがひびきました。

「うわっ、やつを見ろよ！」

マスコットが海に落ちた、というウワバミの声を聞いて、ベルトランは海面にさっと目をやりました。そして、海に広がる波紋《はもん》を見、からっぽのやぶれ目に指をつっこんで確認《かくにん》すると、すぐさまつぎの行動に出ました。運動靴《うんどうぐつ》とジャンパーをぬぎすてると、ゴールデン号の幅《はば》の広い船《ふな》べりに飛《と》び乗《の》ったのです。

そして、バランスをととのえ、腕《うで》を矢《や》のようにまっすぐのばすと、いきおいよく海へ飛《と》びこみました。それはめったに見られないような、美しいジャンプでした。

「うわあー！」生徒《せいと》たちは、ウワバミにつづいて声をあげました。

全員が、ベルトランが飛《と》びこんだ船《ふな》べりに集まってきました。班長《はんちょう》のビッグ・サムがいくらどなっても、だれも耳を貸《か》しません。みんな夢中《むちゅう》で、ベルトランのすがたを目で追《お》うばかりです。

「あれが、カエルか？」と、男の子たちは目を丸くしました。

「カエルのやつ、けっこう泳ぎがうまいじゃん！」

「おい、見たか？　あいつの飛《と》びこみはプロ級《きゅう》だぜ！」

ベルトランは、しばらくもぐっては海面に顔を出す動きをくり返していました。しかも、もぐって

いる時間が毎回、信《しん》じられないほど長いのです。

「おいおい、あいつ、もう浮《う》いてこねえんじゃねえか？」

「海ん中で、なんかにひっかかったんじゃねえのか？」

「まさか、おぼれたんじゃねえだろうな」

海水はとても冷《つめ》たくて、はじめのうちは息がとまりそうでした。でも、ベルトランはすぐに慣《な》れ、思いのままに泳げるようになり、水をかきわけ、カーリーをさがしまわりました。そして、四回めにもぐったときに、ようやくカーリーを見つけたのです。

カーリーは重くてかたいので、まっすぐ海の底《そこ》まで落ちてしまうだろうと、ベルトランは思っていました。ところが、セーラー服の広いえりが水の抵抗《ていこう》を受けてまくれあがり、半ズボンの中にも水が入ったせいで、わりとゆっくりしずんでいきました。しかもとちゅうで、潮《しお》の流れに合わせてゆれる、ぬるぬるしたコンブがからみついたために、しばらく海の中にただようことになったのです。

海の中にいるのは、へんな気分でしたが、しばらくすると、こわさも消《き》えて、カーリーは、なんだかうれしくなってきました。

「わーい、早くモレロに話してやりたいなあ！」

人間だったら、息ができなくてたいへんなことになったでしょうけれど、人形は呼吸《こきゅう》をしなくていいので、いくら水の中にいても、どうということはありません。それに、目はガラス玉ですから、塩《しお》水《みず》でひりひり痛《いた》くなることも、まばたきしたくなることもないのです。まるで、緑色のやわらかいゼリーの中に、ゆるゆるしずんでいくような感じでした。

はじめてヒトデを見たカーリーは、タコだと思って、ぎょっとしました。タコがどんなにおそろしいものか、ケネスの読んでいた本に出ていたからです。ケネスが、『深海《しんかい》のふしぎ』という本を、妹のシャーンとメイドのブロドウェン・オーエンさんに読んであげていたとき、カーリーも聞いていました。カーリーの目には、ヒトデはタコと同じくらい、大きく見えました。

そのあと、エビが近づいてきて、フンと鼻を鳴らしました。もちろん、エビに鼻があるならの話ですが。エビは、身《み》の毛《け》もよだつようなすがたをしていました。体が大きく、ひげと足がくねくねと動き、まるでイソギンチャクのようだとカーリーは思いました。イソギンチャクもどんな生きものかは知りませんでしたが、名前を聞いただけで、いかにも大きくて、おそろしそうです。

そのとき、青みがかった真珠色《しんじゅいろ》にかがやく巨大《きょだい》なクラゲが、カーリーのすぐわきを泳いでいきました。でも、うまいぐあいに、カーリーにはさわりませんでした。

そのあと、食パンがひと切れ、ふわふわとしずんできました。だれかがカモメにやろうと投げたのでしょう。「いかだになるかも!」と思ったカーリーは、いっしょうけんめいパンを追いかけようとしました。でも、カーリーは泳ぎを習《なら》ったことがありませんでしたし、コンブがからまっていたせいもあって、身動《みうご》きがとれませんでした。

頭の上を船が通りすぎたときには、あまりにも大きいので、地上で雲が太陽《たいよう》をかくすように、ただ黒い影《かげ》が頭の上をおおったのだと思いました。船底《ふなぞこ》はぼんやりとしか見えませんでしたが、茶色《ちゃいろ》いぬるぬるやフジツボがこびりつき、海草が何本もたれさがっていました。カーリーは、それがゴールデン号だとはまったく気づきませんでした。このとき、ビッグ・サムは、ベルトランにぶつからないよう、船の向きを変《か》えていたのです。

そのあと、ずっと上のほうで小さく水しぶきのあがる音がして、ブーンという振動《しんどう》が、カーリーのところまで伝《つた》わってきました。ゴールデン号でなにか事故《じこ》があったようだと判断《はんだん》した船乗り学校のボートが一台、港《みなと》からいそいでやって来たのです。ボートは小さいので、今度はカーリーにも船だとわかりました。

「船がさかさまだあ！」下から船底《ふなぞこ》を見あげたカーリーは、びっくりして言いました。「すごーい、モレロに話してやらなくちゃ！」

ところで、人形とはいえ、カーリーも水の冷《つめ》たさは感じていました。服は体にべったりくっついていますし、のりで頭に貼《は》りつけてある髪《かみ》の毛《け》は、今にもとれそうです。そろそろ、海からあがりたい気分でした。でもそのうち、ベルトランか、大きな男の子のだれかが、きっと助けに来てくれるはずだと、カーリーは信《しん》じていました。

コンブにからまって緑の海の中をゆれているカーリーの体は、それでも、少しずつしずんでいまし

た。このままずっと海の中にいるのかなあ？　そう思うと、カーリーは、急にこわくなってきました。助けをもとめてさけぼうにも、まわりにはだれもいません。だいたい、人形の悲鳴《ひめい》など、だれも気づいてくれないものです。ベルトランが助けに来てくれなかったら、どうしよう。もし、ほかの男の子も来てくれなかったら……。

でも、海でおぼれた船乗りはたくさんいるぞ、と考えて、カーリーはこわさをふりはらおうとしました。

「海でおぼれるなんてかっこいいし、なんか、おとなっぽいもん！　モレロだって、きっとぼくのことを見直《みなお》すぞ。だけど、このまま海の底《そこ》までしずんじゃったら、どうなるんだろう。底《そこ》ってもんがあればの話だけど……。そしたら、ずーっと海の底《そこ》にいることになるのかなあ。それが、おぼれるってことなのかなあ」

トーマスをさがし出すどころか、カーリーは今、自分が行方不明《ゆくえふめい》になりかけていたのです。

「ローリー大佐《たいさ》は砂《すな》の中に消えちゃったみたいだけど、ぼくは水の中に消えちゃうのかなあ」

カーリーは、ベルトランが早く助けに来てくれますように、と心の底《そこ》からねがいました。

もう、自分が船乗りになりたいのかどうかも、わからなくなっていました。とにかく、今のいちばんののぞみは、人形の家のみんなにもう一度会うことです。お姉《ねえ》さんのドーラ、お母さんのローリー夫人《ふじん》、双子《ふたご》のパールとオパール、シャーロット先生とバブちゃん、モレロにさえ会いたいと思いました。そして、だれよりも会いたいのは、ペチペチッと笑《わら》うルイスさんです！

そういえば、ルイスさんはセルロイドでできていますから、水に浮《う》かぶはずです。

「ああ、ぼくもセルロイドだったらよかったのに……」

ルイスさんのことを思《おも》い浮《う》かべたとたん、カーリーは、はっとしました。今までにないくらい、いっしょうけんめいねがわなければ、ほんとうにもうだめかもしれない、と気づいたのです。カーリーは、この先もずっと七歳《さい》のままの小さなお人形ですが、自分が絶体絶命《ぜったいぜつめい》のふちに立たされていることくらい、わかりました。

「どうか、おねがいです！」

カーリーは全身全霊《ぜんしんぜんれい》をこめて、ねがいました。人間の心臓《しんぞう》があるところに気持ちを集中《しゅうちゅう》させ、頭や手や足に力を入れて、ねがいつづけました。今にも体のどこかが、ピシッと音をたてて割《わ》れそうです。

「どうか、ベルトランが助けに来てくれますように！　どうか、どうか、おねがいです！」

そのとき、ぼんやりした大きな影《かげ》が近づいてきました。ヒトデではなさそうです。なにしろ、大きさがヒトデの百倍《ばい》くらいありますし、形がはっきりしていなくて、白っぽいような、緑っぽいような、黄色っぽいような、黒っぽいような感じです。それはどんどん近づいてきて、カーリーのすぐそばまでやって来ました。人の顔でしょうか？　髪《かみ》の毛《け》がコンブみたいに、頭にぴったり貼《は》りついています。

白くて長いものが、すっとのびてきました。体をつかまれ、カーリーは思わず息をのみました。

白くて長いものは、ベルトランの手でした。ベルトランが海面に浮《う》きあがり、カーリーをにぎりしめた手をふって見せると、港《みなと》からも、ボートからも、ゴールデン号からも、船乗り学校の生徒《せいと》たちの歓声《かんせい》があがりました。班長《はんちょう》のビッグ・サムも、みんなといっしょに手をたたいていました。

4

その日、入江《いりえ》のむこうにゴールデン号のすがたを最初《さいしょ》に見たのは、窓辺《まどべ》に立っていたシャーロット先生でした。もどって来る人はいないとわかっていても、シャーンはつい、シャーロット先生を人形の家の窓辺《まどべ》に立たせてしまうのです。

その日の朝、メイド人形のモレロは、暗《くら》い声でつぶやいていました。

「あーあ、みーんな、いなくなってしまいましたねえ！」

シャーンが台所をのぞいたときには、モレロのエプロンがめくれて、顔にすっぽりかぶさっていました。いったい、だれがやったのでしょう。

「どこかへ行ったっきり、みんなもう帰らないんですねえ……」と、モレロはすすり泣《な》きました。

「まだ、帰らないときまったわけじゃないだろ?」と、やはり台所にいたウェールズ人形のルイスさんは言いました。チョークを水で溶《と》かして作ったバブちゃんのミルクをあたためてもらおうと、シャーンはルイスさんも台所に置《お》いていたのです。

「だいたい、エプロンっていうのは、服がよごれないように身につけるもんで、そんなふうに頭からおっかぶるためにあるんじゃないよ。ほら、さっさと仕事にとりかかったらどうだい!」と、ルイスさんはモレロに、きびしく言いました。

そのとき、まるでルイスさんの言葉《ことば》が聞こえたかのように、シャーンは、小枝《こえだ》で作ったほうきをモレロの手に持たせ、エプロンを引きおろすと、台所の床《ゆか》そうじをさせはじめました。

このときはまだ、人形の家の悲しみが消えるようなできごとは、なにひとつおこっていませんでした。家の中は静《しず》かで、みんなどことなく、ぐったりしていました。それでも、いつものように一日が始まったのです。

ただ、シャーロット先生だけは、子どもたちの勉強をみるかわりに、体をかたくして窓辺《まどべ》に立ち、なにかをじっと見つめていました。

「なにを見ているんでしょうねえ。トーマスのまぼろしですかねえ」と、モレロがはなをすすりながら言いました。

「そうだね。トーマスかもしれないよ」と、ルイスさんは、あたりまえのことのように言いました。

そのとき、シャーロット先生が、さらに背筋《せすじ》をぴんとのばし、ぴくりともせずに目をこらしました。船の帆《ほ》が見えたのです。

シャーロット先生のつぎにゴールデン号に気づいたのは、シャーンでした。船がもうかなり港《みなと》に近づいていたときです。ベルトランが海に飛《と》びこんで、大さわぎになっているようすまでは見えませんでしたけれど、ゴールデン号がもどって来たのは、はっきりわかりました。

「ねえ、お兄《にい》ちゃん、早く！　港《みなと》へ行って、カーリーをひろった人がいないかどうか、聞いてきて」

と、シャーンは大きな声で言いました。

「船乗り学校の生徒《せいと》に人形のことを聞く？　このおれが？」ケネスは、おまえ、ばかじゃないのか、という顔でシャーンを見ました。

「お兄《にい》ちゃん、おねがい！」

お姉《ねえ》さんのデビーなら、すぐに行ってくれたことでしょう。でも、デビーはちょうど出かけていて、家にいませんでした。シャーンはしかたなく、メイドのブロドウェン・オーエンさんにたのんでみました。

「ねえ、行ってくれない？」

「いやですよ。あんな野蛮人《やばんじん》どもの中にとびこんでいくなんて、あたしは、まっぴらごめんです」

「ブロドウェンさんったら！　だれのせいで、カーリーがあんなことになったと……」シャーンは、ついむきになりました。

「待《ま》ってください。べつに、わざとしたんじゃありませんからね。だってあたしは、おそうじをしていただけなんですよ。おもちゃをちらかしほうだいにしておくほうがいけないんじゃありませんか？あの人形を屋根《やね》の上に置《お》きっぱなしにしたのは、どこのどなたですかねえ」

「じゃあ、どうすればいいの？」

シャーンは、こまりはてていました。お母さんがいたら、きっと助けてくれたでしょう。でも、お母さんとお父さんは、ロンドンへ行ってしまって、一週間しないと帰ってこないのです。

「ねえ、どうしたらいい？」

シャーンがさらに大きな声をあげると、ケネスが言いました。

「自分で行って、きいてこいよ」

たった一人で、あの大きな男の子たちのところに？　シャーンは考えただけで、足ががくがくしてきました。

そのころ、人形の家では人形たちが、「シャーン、行ってきて！」と、ねがいつづけていました。

でも、シャーンは、なかなか決心がつきません。

カーリーはあたしの大切《たいせつ》なお人形なんだから、いやでもききに行かなくちゃ……。

シャーンはとうとう覚悟《かくご》をきめ、海岸通りのまん中で生徒《せいと》たちを待《ま》つことにしました。班《はん》に分かれて学校まで行進していく男の子たちをつかまえ、カーリーのことをたずねてみるつもりです。そのほうが、生徒《せいと》がごっそり集まっている港《みなと》へ行くよりは、まだましでしょう。

シャーンは、人形の家の一階《かい》と二階《かい》の窓辺《まどべ》に人形たちを全員ならべて、海岸通りを見おろせるようにしました。これで勇気百倍《ゆうきひゃくばい》です。

「カーリーがもどって来るようになって、おいのりしててね」と、シャーンは人形たちに話しかけました。どうか、カーリーが海にすてられたりしていませんように、と、シャーンもねがいました。

「いのってて！　心からおねがいしててね！」シャーンは人形たちに、もう一度たのみました。

さて、人形たちは、窓《まど》に顔を押《お》しつけ、海岸通りに立っているシャーンのすがたを見守《みまも》っていました。そのすがたはとても小さく、心細《こころぼそ》そうに見えました。

「シャーン、がんばって！」

もちろん、人形たちのねがいはだれにも聞こえません。それでも、人形たちはいのりつづけました。

「カーリー、どうかもどって来て！　シャーン、がんばって！　カーリー、もどって来て！」

そのとき、行進のかけ声が聞こえてきました。

「いっち、に！　いっち、に！　左《ひだり》、右《みぎ》、左、右！」

生徒《せいと》たちの列《れつ》が近づいてくると、シャーンはこわくなり、がたがたふるえだしました。

「いっち、に！　いっち、に！」

どうやったら立ちどまってくれるでしょう。シャーンはいっしょうけんめい考えました。あたしみたいに小さな子が道のまん中に立ちはだかっていても、男の子たちは気にもとめずに、ずんずん歩いてくるにきまってる。そしたら、はね飛《と》ばされちゃうかも……。シャーンは、家に引き返したくなりました。でも、カーリーのことを思うと、そうするわけにはいきません。

いよいよ、最初《さいしょ》の班《はん》がやって来ました。全部《ぜんぶ》でたったの十人でしたが、シャーンには大群《たいぐん》に見えました。なにか行進をとめるための、いい方法《ほうほう》はないでしょうか？

そのときシャーンは、ブロドウェン・オーエンさんの恋人《こいびと》、おまわりさんのダイ・エバンズさんが、交通整理《こうつうせいり》をするときのようすを思い出しました。ダイ・エバンズさんが片手《かたて》をあげると、車はすっととまるのです。

「いっち、に！　いっち、に！」

隊列《たいれつ》の横を歩く班長《はんちょう》のかけ声がとどろくほど大きくなったとき、シャーンは、歩道から通りに足をふみ出し、ふるえながら片手《かたて》をあげました。でも、男の子たちは、シャーンをよけるようにちょっとまわりこんだだけで、そのままずんずん行ってしまいました。シャーンが片手《かたて》をあげていたことにさえ、気づかなかったようです。

つぎの班《はん》が来たとき、シャーンは恥《は》ずかしさで顔をまっ赤《か》にしながらも、片手《かたて》をあげただけでなく、「とまってくださーい！」と、大きな声を出しました。

先頭《せんとう》の男の子は、一瞬《いっしゅん》立ちどまりそうになりました。でも、「ごめんよ、ちびちゃん、とまれないんだ」と言って、足《あし》なみをそろえ直すと、そのまま全員で行進していってしまいました。

シャーンは、『ちびちゃん』と呼《よ》ばれるのがきらいなので、むっとしました。でも、おかげでいきおいがついて、つぎの班《はん》が来たときには、隊列《たいれつ》とならんで歩きながら、正面《しょうめん》きって声をかけることができました。

「ちょっと、聞いてください！　おねがいです！」

すると、班長《はんちょう》さんがシャーンの話を聞こうとして、歩きながら少し体をかたむけてくれました。でも、行進の歩調《ほちょう》がとても速《はや》いので、シャーンは走らなければ追いつけません。そのせいで、声が切れぎれになったり、つまったりして、うまく話せませんでした。

「あ、あ、あのー、生徒《せいと》さんの、だ、だれかが、この、このあいだ、お、おー人形を、ひろいま、せんで、したかあ？　あ、あたしの、お、お人形、なんです」と、シャーンは走りながら、息をはずませてたずねました。

ベルトランが海に飛《と》びこんだことは、もう、船乗り学校の生徒《せいと》全員《ぜんいん》が知っていました。でも、なぜ飛《と》びこんだのかを知っている生徒《せいと》は、ほとんどいませんでした。たとえ知っている子がいたとしても、

「つまんねえマスコットを落としたのさ」と、言うだけでしょう。カーリーのことをちゃんと見たことがあるのは、ウワバミだけです。でも、ウワバミはこの隊列《たいれつ》にはいませんでした。

「人形なんて、だれもひろわないと思うなあ」と、班長《はんちょう》さんがケネスと同じような口ぶりで言ったので、シャーンはがっかりしてしまいました。

とぼとぼ家にもどって、玄関《げんかん》の段々《だんだん》に腰《こし》かけると、シャーンは両腕《りょううで》でひざをかかえ、そこに顔をうずめました。通りを歩く人に、泣《な》いているところを見られたくなかったのです。

もうおしまいだ、とシャーンは思いました。トーマスや大佐《たいさ》と同じように、カーリーもいなくなってしまったなんて……。モレロの言うとおり、やっぱり人形の家には、男の人形が居《い》つかないのでしょうか。

しばらくすると寒くなってきたので、シャーンは子ども部屋へもどり、人形たちを窓辺《まどべ》から離《はな》しました。

「ほら、やっぱり帰らぬ人になったんですよ」と、モレロが言いました。

シャーンは、応接間《おうせつま》にあるひじかけいすにローリー夫人《ふじん》をすわらせ、新聞《しんぶん》を持たせてあげました。机《つくえ》で書きものをしてばかりではあきてしまうでしょうから、たまにはほかのことをさせてあげよう、と思ったのです。人形の家では、『人形の家新聞《しんぶん》』と、『人形の花束《はなたば》』という雑誌《ざっし》をとっていました。

ドーラとシャーロット先生には、貝殻《かいがら》でぐるりとかこったお庭で、庭仕事をさせることにしました。

ドーラには人形用のシャベルを、シャーロット先生にはクルミの殻《から》よりも小さなかごを持たせ、ドーラの頭には、あまりぎれでつくったいつもの帽子《ぼうし》をかぶせました。

双子《ふたご》のパールとオパールも、今日は輪《わ》っかころがしではなく、お人形遊《あそ》びをさせました。お人形は、シャーンがあまった毛糸で二人に一つずつ作ってあげた、くにゃくにゃの抱《だ》き人形です。バブちゃんも、乳母車《うばぐるま》やゆりかごではなく、応接間《おうせつま》のソファーに寝《ね》かせてみました。

「あれこれ変《か》えてみたところでねえ」と、モレロがもんくを言いました。シャーンは、モレロには人形用のケーキ型《がた》を持たせ、蒸《む》しケーキを作るまねをさせていました。

「こんなことしたって、なんにもなりませんってば」と言って、モレロはなみだをこぼしました。でも、人形のなみだですから、ケーキの中に落ちる心配《しんぱい》はありません。

「だれにとっても、いいことなんてありませんよ」と、モレロは、はなをすすりながら言いました。

すると、「泣《な》くなんて、えんぎでもない」と、シャーンにつまみあげられたルイスさんがつぶやきました。

シャーンの指がゆりいすにさわったのでしょう。モレロがあれこれ言っているあいだ、ルイスさんのゆりいすはずっとゆれていました。人形の家に顔を近づけていたシャーンにも、ゆりいすの音が聞こえました。かすかなその音は、モレロの言葉《ことば》をうち消《け》し、こう言っているようでした。

「キィキィ、班長《はんちょう》さんは、だれも人形なんかひろわないと言ったけど、ひろった子がちゃんといたでしょ。キィキィ、あの男の子がひろったのを、その目で見たでしょ？　キィキィ」

「うん、見たわ」と、シャーンはルイスさんに話しかけました。「黒髪《くろかみ》で、みんなより体が小さい男の子だった」

するると、ルイスさんがにっこり笑《わら》って、うなずいたように見えました。

「そっか！　ほかの子には、カーリーのことをだまっていたのかもしれないわ。だって、お兄《にい》ちゃんがひろったとしても、きっとだれにも言わないと思うもの」シャーンの胸《むね》に、みるみる希望《きぼう》がわいてきました。「きっと秘密《ひみつ》にしてるんだ！」

シャーンがぎゅっとにぎりしめたので、ルイスさんのセルロイドが、ペチペチッと鳴りました。

「そうよ、秘密《ひみつ》なんだわ」シャーンは、もうぜったいにそうにちがいない、と思いました。

「かならず、カーリーを返しに来てくれる。ゴールデン号が港《みなと》に着《つ》いたばかりで、まだ時間がないのよ。そのうち、来てくれるわ」そう考えてから、シャーンは、はっとしました。「でも、この家だってわかるかしら？」

シャーンはまた、がっくりしてしまいました。でも、ルイスさんの赤いスカートをなでているうちに、すぐにいい考えが浮《う》かびました。ボーイスカウトやガールスカウトが道しるべをつけるやり方をまねして、玄関《げんかん》になにか、目印《めじるし》になるものをつければいいのです。

ただ、カーリーの家だということが、ちゃんとわかる目印《めじるし》でなければなりません。はじめは、お人形をさがしています、と紙に書いて、玄関《げんかん》に貼《は》っておこうかと考えましたが、そうするとみんなに読まれてしまいます。ひろってくれた男の子は、そんなのいやにきまっています。では、旗《はた》はどうでしょう。青い海軍《かいぐん》の旗《はた》なら、水兵《すいへい》人形の目印《めじるし》にはぴったりです。でも、このあたりには旗《はた》をかかげている家がたくさんありますし、シャーンは海軍《かいぐん》の旗《はた》をもっていません。だからといって、カーリーが使っていた紙の旗《はた》では、いくらなんでも小さすぎます。シャーンは、ボーイスカウトが使う目印《めじるし》をあれこれ思い出してみましたが、ぴんとくるものはありませんでした。

さて、どうしたらいいでしょう?

シャーンは、人形の家のそばに立って、どうしようかなあと思いながら、ずっとにぎりしめたままでいたルイスさんに目を落としました。ルイスさんも、シャーンを見つめています。赤いスカートをはき、ウェールズの民族《みんぞく》衣装《いしょう》を身につけたルイスさんは、ほがらかなようすで、シャーンをはげましてくれているようでした。

そのときシャーンは、ふと、ルイスさんにまかせてみよう、と思いました。ルイスさんなら魔法《まほう》でうまくやってくれる――そんな気がしたのです。

もしかしたら、シャーンはとっくに、ルイスさんの魔法《まほう》にかかっていたのかもしれません。なにしろ、ルイスさんそのものを目印《めじるし》にしよう、という考えが、どこからともなく浮《う》かんできたのですから。

セルロイドなら、雨がふっても、日に照《て》らされてもへいきですし、服がだめになったとしても、デ

ビーが新しいのをこしらえてくれるでしょう。そこでシャーンは、おやしきの玄関《げんかん》のノッカー*に、ルイスさんをくりつけることにしました。

「そうすれば、ここがカーリーの家だって、あの男の子にもわかるわよね」シャーンが言うと、ルイスさんはまた、ペチペチッと音をたてました。


じつは、ベルトランは、帰りの行進に加《くわ》わっていませんでした。ですから、シャーンはどうやっても、ベルトランを見つけることはできなかったのです。

班長《はんちょう》のビッグ・サムが、体をふくタオルをくれて、着替《きが》え――すそをだいぶ折《お》り返《かえ》さないと着《き》られないほど、ぶかぶかでした――を貸《か》してくれましたが、体がかわいてもベルトランの寒気《さむけ》はおさまらず、歯はガチガチ鳴りつづけていました。

そんなベルトランのようすを見かねて、ゴールデン号を出迎《でむか》えるために自家用車で港《みなと》へ来ていたフジツボ校長が、「わしの車で学校まで送《おく》ってやろう」と言ってくれたのです。

学校に着《つ》くと、校長は命《めい》じました。

「まずは熱《あつ》い風呂《ふろ》に入ってこい。そのあと食堂《しょくどう》へ行って、あたたかいものをのむといい。紅茶《こうちゃ》を用意するようにたのんでおいてやろう。体がすっかりあたたまったら、わしの部屋へ来なさい」

紅茶《こうちゃ》と聞いたとたん、ベルトランは顔をしかめそうになりましたが、どうにかがまんしました。

しばらくして、ベルトランが紅茶《こうちゃ》をすすっていると、ウワバミが話しかけてきました。

「なあ、なんでフジツボは、おまえを呼《よ》びつけたんだろうな」

そのときベルトランは、いつもと同じ紅茶《こうちゃ》なのに、なんでこんなにあたたかくておいしいんだろう、と思っていました。

「カミナリを落とされるのかもな」と、ウワバミが言いました。

「え、どうして?」と、ベルトランは聞き返しました。

「だって、おまえ、規則《きそく》をやぶったんだぜ」


ベルトランが校長室へ入るとすぐに、フジツボ校長は言いました。

「ベルトラン・レセップス、みごとな飛《と》びこみだったそうだな。それに、班長《はんちょう》からは、いちじるしく進歩《しんぽ》したという報告《ほうこく》も受《う》けておる。ゴールデン号での任務《にんむ》は、きちんとこなしたそうじゃないか。

＊　戸をたたくための金具《かなぐ》。

それにしても、おまえの泳ぎっぷりには度肝《どぎも》をぬかれたぞ。いったい、どこで習《なら》ったんだ？」

一カ月まえのベルトランなら、ここぞとばかりに、フランスで父親からどんなふうに泳ぎを習ったかを、えんえんと話したことでしょう。でも今日は、「父といっしょに、素《す》もぐりを少しやったことがあります」とだけ、答《こた》えました。

「父って、まさか、ジュール・レセップス氏《し》のことか？　おまえ、あの『素《す》もぐり名人レセップス』の息子《むすこ》なのか？」

「はい、そうです」

「そいつは、すごい！　わしは、レセップス氏《し》の本は全部もっとる。いやあ、おどろいた！」

「校長先生、あのう……」

「なんだ？」

「父のことは、ほかの生徒《せいと》に、どうか言わないでくーださい」

「どうしてだ？」

「だって、みんなは……」仲間《なかま》たちから言われつづけてきた言葉《ことば》を口に出そうとすると、ベルトランの胸《むね》はちくちく痛《いた》みました。

「今だってぼくのこと、なまいきで、うぬぼれ屋《や》だと思っていーるのですから……」ベルトランは、顔をまっ赤《か》にして言いました。

「そうか。まあたしかに、言わんほうがいいかもしれんな。だがなあ、レセップス、どんなにうまく泳げるからといって、今回のことが規則違反《きそくいはん》にあたるのに変《か》わりはないぞ。海流《かいりゅう》や潮《しお》の満《み》ち干《ひ》もある入江《いりえ》で、許可《きょか》なく泳ぐことは禁止《きんし》されとる。危険《きけん》だからな。今回も、特別《とくべつ》あつかいするわけにはいかん。罰《ばつ》として、一週間の当番《とうばん》を命《めい》ずる！」

ベルトランは、顔をしかめたくなるのを、またひっしでがまんしました。当番というのは、食事のあとかたづけと、そうじをすることで、ふだんは、みんなが二日ずつ交代でやっている仕事《しごと》です。それを一週間だなんて！

「一週間、毎日だぞ」と、校長先生は念《ねん》を押《お》しました。「それに、今回の件《けん》で、おまえの班《はん》は減点《げんてん》だ。気のどくだが、そのせいで、ほかの生徒《せいと》からの風あたりがさらに強くなるかもしれんな」

ところが、ふしぎなことに、ベルトランは、このあと、いきなりみんなの人気者《にんきもの》になったのです。その晩《ばん》ベルトランは、暖炉《だんろ》の前のいすに、はじめてすわらせてもらえました。ウワバミが足でいすをベルトランのほうへ押《お》し、輪《わ》の中に入るように合図してくれたのです。そのうえ、だれかが手作りケーキを分けてくれ、班《はん》の仲間《なかま》たちがたくさん話しかけてきました。

「どうだった？　フジツボにひでえ目にあわされたか？」

「罰《ばつ》をくらったんだろ？」

「当番《とうばん》を一週間です」と、ベルトランは答《こた》えました。

「一週間も！　あんなすっげえ飛《と》びこみをしたのにかあ！」

「ひでえよなあ」

みんなの言葉《ことば》を聞いて、ベルトランは心からなぐさめられました。

ところがつぎの日、ベルトランは罰当番《ばっとうばん》をしませんでした。それどころか、なにもできなかったのです。

ベッドに入るまえから寒気《さむけ》がして、くしゃみも出はじめていましたが、朝おきると、風邪《かぜ》の症状《しょうじょう》はさらにひどくなっていました。

ビッグ・サムは、「ほかのことはほっといて、さっさとやっつけちまえよ」と、言ってくれました。つまり、ひと眠《ねむ》りして風邪《かぜ》を治《なお》してしまえ、ということです。でも、そうかんたんにはいきませんでした。のどがますます痛《いた》みだし、頭痛《ずつう》もひどくなり、熱《ねつ》がぐんぐんあがってきたため、フジツボ校長が医者《いしゃ》を呼《よ》んでくれました。

「ひどい風邪《かぜ》だ。あたたかくして、安静《あんせい》にしていなさい」と、お医者さんは言いました。

「でも、ぼく、おきられますから」ベルトランはうったえるように言いました。

「だめだめ。むりしちゃいかんよ。わしの見立《みた》てじゃ、一週間は安静《あんせい》にしていないと、治《なお》らんぞ」

「だけど、ぼく、どうしても町まで行かないとだーめですから。どうしても……」

「なぜだね？」

お医者さんに理由《りゆう》を聞かれて、ベルトランはだまりこみました。人形とあの女の子のことを話したところで、わかってもらえるわけない、と思ったのです。でも、あの子がどんなに心配しているかと思うと、ベルトランはいてもたってもいられませんでした。

こうなったらウワバミにたのんで、あの女の子の家をさがしてもらうしかありません。そこでまず、寝室《しんしつ》のヒーターの上にのせてかわかしておいた人形を、ウワバミにとってきてもらいました。ところが、体をおこして人形を見たとたん、ベルトランはぎょっとして、フランス語で悲鳴《ひめい》をあげました。

ベルトランは、ぬれた服を着替《きが》えたときに、ポケットからとり出したハンカチで、カーリーの体を包《つつ》んでやりました。ところが、もともとハンカチが海水にぬれていたこともあって、それがかわいた今、ところどころ青く染《そ》まった塩《しお》のかたまりが、カーリーの顔にこびりついていたのです。塩《しお》が青くなっているのは、カーリーの水兵服《すいへいふく》の色が落ちて染《そ》まったからでしょう。そのうえ、水たまりに落ちたときについた泥《どろ》もとれずにのこっていました。泥《どろ》は、ゴールデン号に乗っているあいだにすっかりかたまってしまい、海水につかっても落ちなかったようです。

それだけではありません。髪《かみ》の毛《け》は、のりがゆるんで右耳のほうへずれていますし、片方《かたほう》の目には、かわいたコンブが眼帯《がんたい》のように貼《は》りついています。おまけに、顔にはまっ黒いタールまでついていました。これでは水兵《すいへい》人形というより、海賊《かいぞく》人形か、浮浪者《ふろうしゃ》人形です。

でも、カーリーは、そんなことぜんぜん気にしていませんでした。

「ぼくがすごい冒険《ぼうけん》をしてきたって、これでひと目でわかってもらえる。きっとみんな、ぼくの話をすごく聞きたがるだろうなあ。モレロだって、このかっこうを見たら、聞かずにはいられないはずだよ！　かっこよくなれて、よかった！」

でもベルトランは、そんなふうには思いませんでした。

「どうしよう！　このままじゃ、あの子に返せないよ！」

ベルトランは、女の子に新しい人形を買ってあげよう、と考えました。でも、たとえおきあがってペンへリグの町へ出かけることができても、この町にカーリーと同じような水兵《すいへい》人形が売っているとは、どうしても思えませんでした。ロンドンのおばさんやいとこに手紙を書いて、さがしてほしいとたのんでも、たぶん見つからないでしょう。だいたい、おばさんたちにあんな態度《たいど》をとったのに、今さらたのみごとなんて、できるわけがありません。

ベルトランは、熱《ねつ》のある体で何度も大きく寝返《ねがえ》りをうちながら、どうしよう、どうしよう、とフランス語で考えました。そのせいでしょうか、フランスにいる、妹のマリー・フランスのことが、ふと頭に浮《う》かびました。

そうだ。マリー・フランスは、人形をたくさん集めていたじゃないか！

ルイスさんがシャーンの家の玄関《げんかん》のノッカーにつりさげられてから、一週間がたちました。

「玄関《げんかん》のドアに人形がぶらさがってるなんて、恥《は》ずかしいだろ！」と、ケネスはシャーンにもんくをつけました。

「恥《は》ずかしくなんかないわ。あれは大事《だいじ》なものだもん」シャーンは、それ以上《いじょう》くわしく話したくありません。

「みんなに笑《わら》われるじゃないか」と、ケネスもゆずりませんでした。ケネスの言う『みんな』というのは、学校の男友だちのことです。ブロドウェン・オーエンさんに言わせれば、「ケネスぼっちゃんには、この広い世界に、それ以外《いがい》の人間はいないも同然《どうぜん》なんですから」ということになります。

「おれが、みんなにからかわれるんだぞ。あんなもん、さっさと、とっちまえよ！」

「いやよ。カーリーを返しに来てくれる人のために、つけてあるんだから」

「だれのことだよ」

「カーリーをひろってくれた人よ」と、シャーンはきっぱり言いました。

「いいか、よく聞け。かりに、そいつがカーリーをひろったとしても、もうとっくのむかしに、すてちまってるよ。ひろったかどうかも、あやしいけどな。とにかく、あんなちっぽけな人形を大事《だいじ》にとっとく男なんて、いるわけないだろ。何度言ったらわかるんだよ」

でも、シャーンはケネスの言うことを聞こうとはしませんでした。そしてとうとう、とっくみあいのけんかになってしまったのです。二人があんまりはでにやりあったので、ブロドウェン・オーエンさんは、あいだに割《わ》って入り、ケネスにぴしゃりと言いました。

「ケネスぼっちゃん、玄関《げんかん》のお人形に手を出しちゃいけませんよ。もしなにかしたら、お父さまがもどってらしたとき、言いつけますからね！」

それでも、油断《ゆだん》はできません。シャーンは、ルイスさんを守《まも》りつづけました。

ケネスの友だちが玄関《げんかん》の前で足をとめていると、シャーンはすぐにとんでいって、「なにをじろじろ見てるの？」と、さけびました。そして、「あっちへ行ってよ。でないと、目玉をくりぬいちゃうわよ！」と、男の子たち顔負《かおま》けのたんかをきるのです。それを聞いた男の子たちは、びっくりして逃《に》げていきました。

ルイスさんを守《まも》ることで、シャーンはすっかり自信《じしん》がついてきました。そのまま一週間がすぎ、ケネスの言うとおり、ひろった男の子がカーリーをすてたか、なくしたとしか思えなくて、くじけそうになったりもしました。でも、玄関《げんかん》を出れば、ノッカーにゆわえたひもの先で、いつもルイスさんがゆれています。赤いスカートと黒い帽子《ぼうし》と明るい笑顔《えがお》。ルイスさんのセルロイドの手がドアにあたるかすかな音を耳にするたび、シャーンの胸《むね》には希望《きぼう》がふつふつとわいてきました。

「そのお人形は、お守《まも》りなの？」

近所の人からたずねられるたびに、シャーンは胸《むね》を張《は》って答《こた》えました。

「はい、お守《まも》りなんです！」

そうこうしているうちに四月が終わり、いよいよ五月になりました。

5

五月一日は、シャーンにとっても、人形の家の人形たちにとっても、忘《わす》れられない日になりました。その日の朝は、お姉《ねえ》さん人形のドーラの言葉《ことば》をかりれば、『記念《きねん》すべき朝』、ルイスさんによれば、まるで『魔法《まほう》のような朝』となったのです。

「ええ、あんなことは二度とないでしょうからねえ」と、ひねくれ者のモレロさえ、みとめたほどです。

ほんとうに、五月らしい、さわやかな朝でした。シャーロット先生はその日、夜が明けるのを、しっかり見つめていました。ここ何年もずっと、日がしずむところばかりながめて、夜明けのようす

には目もくれなかったというのに――。
まえの晩《ばん》、シャーンは、シャーロット先生をまた窓辺《まどべ》にひと晩《ばん》じゅう置《お》きっぱなしにしていました。以前《いぜん》よりもしょっちゅう置《お》き忘《わす》れるのは、先生自身がそうねがっていたからかもしれません。

『記念《きねん》すべき日』の朝早く、シャーロット先生は、空がだんだん明るくなっていくのをじっと見つめていました。最後《さいご》に一つだけ消《き》えずにのこった星《ほし》は、海のかなたへ消えた恋人《こいびと》、トーマスの金ボタンのようでした。太陽《たいよう》は山側《やまがわ》からのぼるので、直接《ちょくせつ》は見えませんでしたが、日の出とともに空全体がオパールのようにかがやき、銀灰色《ぎんかいしょく》だった海もだんだんと緑色に変《か》わっていきました。シャーロット先生は、シャーンのお姉《ねえ》さんのデビーがはめていた、オパールの指輪《ゆびわ》を見たことがあったのです。その乳白色《にゅうはくしょく》の石が、ちょうど夜明けの空のように、さまざまな色にきらめいていたのをおぼえていました。

空の色が濃《こ》くなるにつれて、金ボタンのような星《ほし》の光はうすれ、とうとう消《き》えてしまいました。でも、山の上に顔を出した太陽のおかげで、空も海も町も、明るい光でいっぱいになりました。

海の上に浮《う》かんでいた小さな白い雲は、ピンク色に染《そ》まり、夜露《よつゆ》にぬれた家々の屋根《やね》や海岸通りの路面《ろめん》や浜辺《はまべ》の小石はきらきらと光り、砂浜《すなはま》はまばゆいばかりの金色にかがやきはじめました。

「すばらしい五月の朝ね」と言ったあと、今日にかぎって、シャーロット先生はため息をつきませんでした。

シャーンが目を覚《さ》ましたのは、太陽の光がまぶしかったせいでしょう。でも、ふしぎなことに、シャーン自身《じしん》は、ノックの音にはっとして目が覚《さ》めたのだと思いました。玄関《げんかん》のノッカーを、だれかがたたいているような気がしたのです。でも、こんなに朝早くたずねてくる人など、いるわけがありません。ひょっとしたら、夜勤明《やきんあ》けのダイ・エバンズさんが来たのかもしれませんが、そうだとしても、玄関《げんかん》のドアをたたいたりはしないはずです。

それでも、シャーンには、ノックの音がはっきり聞こえました。だれかが、ルイスさんをとろうとしているのかもしれない！　シャーンはあわててとびおきると、玄関《げんかん》までかけおりていきました。玄関《げんかん》のドアのかんぬきは、シャーンの小さな手では、なかなかうまく開《あ》けられません。せわしなく手を動かしながら、「今行くから、待っててね」と、郵便受《ゆうびんう》けの穴《あな》からルイスさんに声をかけました。ようやくかんぬきを引きぬき、チェーンをはずすと、シャーンは玄関《げんかん》のドアをいきおいよく開《あ》けました。

ノッカーの先では、ルイスさんがぶらぶらと大きくゆれているだけで、外にはだれもいません。ルイスさんの黒いとんがり帽子《ぼうし》が、ぶるぶるっとふるえたように見えたとき、シャーンは、はっとしました。ルイスさんのむこうに、美しくかがやく五月の朝の光景《こうけい》が広がっているのに、気づいたからです。海はきらきらときらめき、そよ風に金色の砂粒《すなつぶ》が舞《ま》っています。

「ちょっと散歩《さんぽ》してこようかな……」とつぶやくと、シャーンは玄関《げんかん》のドアを開《あ》け放《はな》したまま、二階《かい》へかけあがりました。でも、はだしだったので、足音ひとつしませんでした。

部屋《へや》にもどると、ブロドウェン・オーエンさんにいつもしちゃいけないと言われているのに、シャーンはパジャマを床《ゆか》にぬぎすてました。そのあと、下着《したぎ》を着《き》て、半ズボンをはき、セーターを頭からかぶると、運動靴《うんどうぐつ》を手に持って、また階段《かいだん》をかけおりていきました。

シャーンは玄関《げんかん》の段々《だんだん》の上に出て、ドアをうしろ手でそっと閉《し》めてから、すわりこんで運動靴《うんどうぐつ》をはきました。そのあと、おやしきの窓《まど》を見あげましたが、シャーンを呼《よ》びとめようと顔を出す人はいませんでした。髪《かみ》をとかしなさいとか、顔を洗《あら》いなさいとか、歯をみがきなさいとか、うるさく言われる心配はなさそうです。

シャーンはルイスさんに、「ありがとう。行ってきます」と言うようにうなずくと、浜辺《はまべ》へむかって、かけていきました。

だれもいない海岸通りは、いつもとぜんぜんちがって見えました。お店のよろい戸《ど》や板戸《いたど》はみな閉《し》まっていますし、船は浜《はま》に引きあげられ、船乗り学校専用《せんよう》の桟橋《さんばし》には、紺色《こんいろ》のボートがつなぎとめられていました。ゴールデン号の甲板《かんぱん》にも人のすがたはなく、旗《はた》ざおに旗《はた》はあがっていません。どこを見ても、ネコの子一匹《ぴき》歩いていないのです。動いているのは、シャーン自身《じしん》と、カモメたちと、はるか沖《おき》の陽《ひ》だまりでゆうゆうと宙返《ちゅうがえ》りをしている、一頭《とう》のイルカだけでした。

シャーンは、埠頭《ふとう》を通《とお》りすぎると、運動靴《うんどうぐつ》をぬいで、波うちぎわを歩きはじめました。歩きながら、ときどき、人形の家のお庭用に貝殻《かいがら》を一つ二つひろっては、気に入らないのは海に返すように放《ほう》り投げました。波がうちよせてきて白く泡立《あわだ》ち、シャーンの足を洗《あら》います。波の冷《つめ》たさを感じながら、シャーンは歩きつづけました。

どのくらい歩いたのか、シャーンにはもうわからなくなっていました。教会の鐘《かね》が二つ鳴るのが聞こえましたが、それが六時を告《つ》げる六回の最後《さいご》の二つなのか、七時の七回の最後《さいご》の二つなのか、かぞえる気もなかったので、はっきりしませんでした。

波に足を洗《あら》われながら貝殻《かいがら》をひろい、運動靴《うんどうぐつ》のひもを持ってゆらしながら歌を口ずさみ、シャーンはただ、足のむくままに歩いていました。口ずさんでいたのは、人形の家のピアノでドーラがいつも弾《ひ》いている、『アベダビの鐘《かね》』です。人形の家のテーマ曲みたいなものですから、シャーンはしょっちゅう、この歌をうたいます。

そのうち、おなかがすいてきました。でも、家に帰る気にはなれません。ブロドウェン・オーエンさんと料理番《りょうりばん》は、もうおきているかもしれませんが、朝食の用意はまだできていないでしょう。

そのとき、雑貨屋《ざっかや》さんをやっている、ダイ・エバンズさんのお母さんのことが頭に浮《う》かびました。エバンズさんのお母さんは、毎日とても早くおきて、お店を開《あ》け、朝刊《ちょうかん》をならべます。そろそろ、紅茶《こうちゃ》をいれて、バターをぬったパンを食べているころかもしれません。

エバンズさんのお母さんに朝ごはんを食べさせてもらおう、ときめたとたん、おなかがすきすぎて痛《いた》いような気がしてきました。エバンズさんは、朝食に卵《たまご》も食べているかもしれません。おいしそうな、茶色い殻《から》のゆで卵《たまご》を！

エバンズさんのお店までは、砂丘《さきゅう》をつっきって行けば近道《ちかみち》です。シャーンはかがんで運動靴《うんどうぐつ》をはくと——砂丘《さきゅう》でピクニックをする人がびんや缶《かん》をすてるので、はだしではあぶないのです——町へむかって全速力《ぜんそくりょく》で走りだしました。

でも、砂丘《さきゅう》を走るのはけっこうたいへんです。砂《すな》がかわいているので、足がもぐってしまい、なかなか進《すす》めません。あちこちに生《は》えている草が、むきだしの足にぴしぴしあたりますし、風が吹《ふ》くと砂《すな》が舞《ま》いあがり、目の中にまで入ってきます。

それでもシャーンは、がんばって走りつづけました。おなかがぺこぺこで、頭に浮《う》かぶのは、トーストと卵《たまご》、それにあたたかくておいしい紅茶《こうちゃ》のことだけ——と、そのとき、シャーンは、砂《すな》にうもれていたものにつまずいて、ころんでしまいました。あわてていて、足もとをちゃんと見ていなかったのです。

シャーンがふんだのは、鉄《てつ》のシャベルでした。ずっとまえにどこかの子どもたちが使って、置《お》いて帰ったものでしょう。その子たちは、砂丘《さきゅう》にトンネルをほろうとしていたようです。ころんだひょうしに、シャーンは地下トンネルの入口らしい深さ六十センチくらいの穴《あな》に、まわりの砂《すな》をくずしながらすべり落ちてしまいました。

シャーンは、穴《あな》の両側《りょうがわ》に生《は》えていた草をつかんだまま、ひざからくぼみの底《そこ》に落ちたのです。集《あつ》めた貝殻《かいがら》は四方八方に飛《と》びちり、目にも口にも鼻にも砂《すな》が入ってきました。

「あー、やだ!」ぺっぺっとつばを吐《は》き、目をつぶったまま、シャーンはさけびました。

でも、シャーンは海辺育《うみべそだ》ちの子どもですから、あわてて目をこすったり、砂《すな》をのみこんだりはしませんでした。まずは、砂《すな》をぺっぺっと吐《は》き出《だ》し、何度もまばたきをしながら、半ズボンのポケットに手をつっこんで、ハンカチをさがしました。

でも、ハンカチはありません。小さな女の子というのは、しょっちゅうハンカチをなくしてしまうものなのです。かわりに、ポケットの中には、なぜだか靴下《くつした》が片方《かたほう》だけ、入っていました。そこでシャーンは、靴下《くつした》で顔についた砂《すな》をふいては、ふって砂《すな》をはらい落とし、口から砂《すな》を吐《は》き出《だ》したり、

まばたきしたりをくり返しました。すると、どうにか目を開《あ》けていられるようになり、砂《すな》の味《あじ》もだんだんしなくなってきました。

そのあと、セーターについた砂《すな》をはらおうとしたとき、シャーンははじめて、ひざの下になにかあるのに気づきました。やわらかい砂《すな》の中に、かたくて、ごつごつした小さなものが、うまっているみたいなのです。シャーンはまだ砂《すな》まみれで、うす目しか開《あ》けられませんでしたが、靴下《くつした》を放《ほう》り投《な》げて、砂《すな》をほりはじめました。すると、赤いものが出てきました。赤だけではなく、紺色《こんいろ》のところもあるようです。

シャーンは、はっと息をのみ、ますますいきおいよくほりました。そして、何分もしないうちに、このはてしなく何キロもつづく砂丘《さきゅう》の中から、砂《すな》まみれの小さな人形をほり出したのでした。少し色あせてはいましたが、両脇《りょうわき》に赤い線の入った紺色《こんいろ》のズボンをはき、ぼろぼろになった深紅《しんく》の上着には変色《へんしょく》した銀モールがついています。顔はよごれて、砂《すな》があちこちこびりついていましたけれど、口ひげもちゃんと見えました。それに、髪《かみ》の毛《け》はまちがいなく栗色《くりいろ》です！

きたなくて、ぼろぼろで、砂《すな》だらけで、だれだか見分《みわ》けがつくとは思えないほどでしたが、シャーンにはすぐわかりました。このお人形こそ、行方不明《ゆくえふめい》のローリー大佐《たいさ》にちがいありません！


もう、エバンズさんのお店に行くどころではありませんでした。口の中はまだ砂《すな》でじゃりじゃりしていて、あたたかい紅茶《こうちゃ》をのみたくてたまりませんでしたが、シャーンはともかく、いそいで家にもどることにしました。

家に着《つ》くまでずっと、耳のおくでサイレンが鳴《な》りひびいていました。救急車《きゅうきゅうしゃ》や消防車《しょうぼうしゃ》が、ほかの車をわきによけさせ、猛《もう》スピードで町中《まちなか》を走りぬけていくときに鳴らす、あの音です。

ウーウーウー、ローリー大佐《たいさ》が見つかりましたー！　ウーウーウー、ローリー大佐《たいさ》が見つかりましたー！

家にたどり着《つ》いたとき、玄関《げんかん》のドアは開《あ》いていて、ブロドウェン・オーエンさんが段々《だんだん》の上に立ち、

ノッカーを布《ぬの》でみがいていました。ノッカーにつりさげられたルイスさんは、まるでおどっているみたいにゆれています。

「あれま、シャーン嬢《じょう》ちゃま、どこへ行ってたんです？　ちょっと、そんな砂《すな》だらけのまま、入らないでくださいな。玄関《げんかん》をそうじしたばっかりなんですから。だめですってば、お待ちなさーい！」ブロドウェン・オーエンさんは、シャーンをつかまえようとしました。

待《ま》ってなどいられるもんですか！　砂《すな》だらけだろうがなんだろうが、知ったことではありません。

シャーンはまっすぐに、お姉《ねえ》さんのデビーがいる二階《かい》へむかいました。

シャーンの話を聞いて、みんなはあっけにとられるばかりでした。さすがのケネスも、ぽかんとしています。なにしろ、長いあいだずっと行方《ゆくえ》不明《ふめい》だった、ローリー大佐《たいさ》が見つかったのですから！

「まさか、見つかるなんて！」と、だれもが何度も言いました。

「百万分の一の確率《かくりつ》でしょうねえ」と、ブロドウェン・オーエンさんは言いました。

大佐《たいさ》があの穴《あな》の底《そこ》にうまっていたということは、少なくとも六十センチは砂《すな》をかぶっていたということになります。

「おかげでぬれずにすんだのね。それに、砂《すな》の中はあたたかかったと思うわ」と、デビーが言いました。

「でも、そのシャベルを使ってた子たちがもうちょっと深くほっていたら、大佐《たいさ》を見つけていたわよね」

「そしたら、連《つ》れていっちゃったかしら……」シャーンはぞっとしました。

「シャベルをなくしたから、それ以上《いじょう》ほれなかったのね」と、デビー。

「あたし、ぜったいに、砂丘《さきゅう》にはお人形を連《つ》れてかない。ぜったいに」シャーンはふるえながら言いました。

シャーンは、大佐《たいさ》のことをデビーにはまっ先に話しましたが、人形の家のお母さん、ローリー夫人《ふじん》にはすぐに伝《つた》えませんでした。シャーンはまだ小さい子どもでしたが、よく機転《きてん》がきいて、こんなときどうすればいいか、わかっていたからです。

「七年間も行方不明《ゆくえふめい》だっただんなさんが、急《きゅう》に帰ってきたら、だれだってすごくびっくりしちゃうでしょ」と、シャーンは言いました。

「ローリー夫人《ふじん》には、あんたから話す？　それとも、わたしが話してあげようか？」デビーがたずねると、「大佐《たいさ》に自分で話してもらうわ」と、シャーンは答《こた》えました。

さてそのころ、ローリー夫人《ふじん》は、請求書《せいきゅうしょ》を整理《せいり》していました。「請求書《せいきゅうしょ》の整理《せいり》って、ふつうは男の人のする仕事よね」と、シャーンはたびたび言っていましたが、人形の家には男の人形がいないのですから、しかたがありません。

人形の家にかかるお金というのは、たいてい子どもたちが自分のおこづかいで支払《しはら》うことになっています。ですから、いつもそれほどお金があるわけではありません。ローリー夫人《ふじん》は、お金が足《た》りなくなったらどうしよう、と気をもんでばかりいました。

シャーンは、玄関《げんかん》のドアを直してもらったときの修理代《しゅうりだい》六[*1]ペンスを、ケネスにまだ払《はら》っていませんでした。ケネスは、自分でこわした手すりもついでに直したのですが、全部まとめて玄関《げんかん》の修理代《しゅうりだい》として請求《せいきゅう》してきました。なにしろ、修理《しゅうり》にとりかかるまえから、「時給《じきゅう》六ペンスだぞ」と、シャーンに言いわたしていたのです。

人形の家の子ども部屋には、リボンで編《あ》んだ新しいラグが必要《ひつよう》ですし、人形の家の雑誌《ざっし》、『人形の花束《はなたば》』の通信販売《つうしんはんばい》で買った、ボタン二十個《こ》ぶんの支払《しはら》いものこっています。それに、双子《ふたご》人形の一人、オパールの手足をつないでいるゴムも、なるべく早く新しいのにとりかえなければなりません。そのためには、人形病院に連《つ》れていかないといけないでしょうし、治療代《ちりょうだい》が三[*2]シリングはかかります。三シリングといえば、大金です。ローリー夫人《ふじん》は頭をかかえました。玄関《げんかん》ホールにあるシャンデリアも金色にぬり直したいし、モレロのハタキも買いかえたいし――。

「ああ、どうしたらいいんでしょう！」ローリー夫人《ふじん》は、人形の家の応接間《おうせつま》で、何度もため息をついていました。

と、そのとき、応接間《おうせつま》のドアをノックする音が聞こえました。ちょうど人形の手でたたいたような、小さな音でした。デビーもシャーンも、今まで一度も人形にドアをノックさせたことはありませんでしたから、ローリー夫人《ふじん》は、なにごとだろうと思いました。

人形の子どもたちは少しまえから、なにか重大《じゅうだい》なことがおきたらしい、と気づいていました。紺《こん》色《いろ》と赤の服がちらりと見えたからです。

「トーマスが帰ってきたの？」パールがたずねました。

「カーリーがトーマスを連《つ》れて帰ってきたの？」オパールもたずねました。

でも、お姉《ねえ》さん人形のドーラは、「ちがうわ。トーマスの軍服《ぐんぷく》には、赤は入ってなかったもの」と言いました。

ノックの主《ぬし》が何者なのか、だれにもわかりません。そのとき、男の人っぽいしわがれ声が、人形たちの耳にとどきました。シャーンが、ローリー大佐《たいさ》の声を出したのです。

「まさか、男の人のはずはないわ」と、シャーロット先生は言いました。でも、なぜだか、心がわき

＊1、2　ペンスもシリングもイギリスのお金の単位。十二ペンスで一シリングだったが、シリングは一九七一年に廃止された。

たつように、体の中でおがくずがふるえました。

シャーンはローリー大佐《たいさ》の手をとり、もう一度ノックさせると、応接間《おうせつま》のドアを開《あ》け、大佐《たいさ》を中へ入れました。

ローリー夫人《ふじん》はどうするでしょう？　なんて言うでしょう？　シャーンはあれこれ想像《そうぞう》しながら、わくわくしていました。

ところが、ローリー夫人《ふじん》は、口をつぐんだままなのです。せとものの細い首の上にある美しい顔は、こわばっただけで、うつむきもしなければ、ふるえもしません。ローリー夫人《ふじん》は、ただただじっと大《たい》佐《さ》を見つめるだけでした。

「ローリー夫人《ふじん》、だんなさんが帰ってきたのよ。あなたの最愛《さいあい》の人よ」と、シャーンはいいました。

それでも、まったく反応《はんのう》はありません。

「ほんとうに大佐《たいさ》なのよ」と、シャーンはたたみかけました。「ほら、服も髪《かみ》も砂《すな》だらけでしょ。半分とれちゃってるけど、口ひげもちゃんとあるわ。口ひげのあるお人形なんて、大佐《たいさ》のほかにいないわよ。銀《ぎん》モールもこんなに色あせちゃって、ずっと砂《すな》にうまっていたのがよくわかるでしょ」

人形たちのささやき声が、人形の家の中をかけめぐりました。

「お父さまだわ！　お父さまが砂《すな》の中からもどって来た！」

「大佐《たいさ》よ！　大佐《たいさ》が砂《すな》の中からもどって来た！」

なのに、ローリー夫人《ふじん》は、だまって大佐《たいさ》を見つめるだけ。

はるかむかし、ピクニックで大佐《たいさ》が行方不明《ゆくえふめい》になったときも、夫人《ふじん》の体は、びくともしませんでした。体のどこにもひびは入りませんでしたし、おがくずもこぼれなければ、気を失《うしな》うこともありませんでした。そして今、夫人《ふじん》は、ドーラやシャーロット先生や双子《ふたご》とはちがって、大佐《たいさ》が帰ったことをすぐには信《しん》じようともしないのです。あのモレロさえ、大佐《たいさ》であることをうたがっていないのに――。

「大佐《たいさ》が？　ご主人さまが？　ああ、すばらしすぎて、こわいくらい！」と、モレロは大げさに声を張《は》りあげました。そして、シャーンがエプロンをたくしあげて顔をかくしてくれたらいいのに、と心の中でねがいました。そうすれば、思いきり泣《な》けるからです。

けれどもシャーンには、モレロのねがいなど感じている余裕《よゆう》はありませんでした。

「夫人《ふじん》は、どうしてよろこばないのかしら」

シャーンが首をひねると、お姉《ねえ》さんのデビーが言いました。

「時間が必要《ひつよう》なのよ。そうだわ、大佐《たいさ》の体にブラシをかけて、きれいに洗《あら》ってあげましょう。大佐《たいさ》のしゃきっとしたすがたを見たら、きっと夫人《ふじん》も、だんなさんだとわかってよろこぶわ」

デビーとシャーンは、午前中の半分くらいかけて、ローリー大佐《たいさ》のよごれをとり、きれいにしてあげました。その日はちょうど土曜日で、シャーンは学校がお休みだったのです。

デビーは紺色《こんいろ》の布《ぬの》も赤い布《ぬの》ももちあわせていなかったので、新しい軍服《ぐんぷく》を仕立《した》ててあげることはできませんでした。そこで、とりあえず大佐《たいさ》の服をぬがすと、脱脂綿《だっしめん》で作った小さなスポンジで服のよごれをこすり落とし、アンモニアをたらしたお湯につけました。そのあと、シャーンの人形用のアイロンで、きれいにしわをのばしたのです。上着《うわぎ》もズボンもしみだらけで、穴《あな》も開《あ》いていましたし、上着の銀モールは黒く変色《へんしょく》したままでしたが、だいぶ見栄《みば》えはよくなりました。

　シャーンは、大佐《たいさ》の顔と手と足も、きれいに洗《あら》ってあげました。大佐《たいさ》は、ローリー夫人《ふじん》やシャーロット先生と同じように、胴体《どうたい》は布《ぬの》におがくずをつめたものですが、顔と手足の先は磁器《じき》でできています。そして、足にはいているブーツも、磁器《じき》で作ったものでした。胴体部分《どうたいぶぶん》の布《ぬの》はしみだらけでしたが、中身《なかみ》のおがくずは、うそのようにかわいていました。

「服を着《き》せたら、中のしみは見えないわ。かわいた砂《すな》の中にうまっていたから、おがくずがしめらなくて、ほんとうによかったわね」と、デビーが言いました。

　そのあと、シャーンとデビーは、まつげ用のとても小さなくしで大佐《たいさ》の髪《かみ》の毛《け》をとかし、デビーが指で口ひげの形をととのえ、のりをちょっとつけて、まっすぐにのばしました。最後《さいご》にデビーが大佐《たいさ》に軍服《ぐんぷく》を着《き》せ直し、ふちどりをした赤いリボンの新しい飾《かざ》り帯《おび》を肩《かた》からかけました。そして、二人で大佐《たいさ》を人形の家にもどしたのです。

　デビーが大佐《たいさ》に軍服《ぐんぷく》を着せているあいだに、シャーンは人形の子どもたちによそいきの服を着せ、全員《ぜんいん》を応接間《おうせつま》に集めました。

「さあ、大佐《たいさ》にきちんとごあいさつしましょうね」と、シャーンは人形たちに言いました。

子守係《こもりがかり》のルイスさんはまだ、玄関《げんかん》のノッカーにつりさげられていたので、バブちゃんはモレロが抱《だ》いていました。大佐《たいさ》がバブちゃんに会うのは、はじめてです。ローリー夫人《ふじん》のいすのうしろには、シャーロット先生が立っていました。大佐《たいさ》は、シャーロット先生にも会ったことがありません。先生が人形の家にやって来たのは、あのピクニックのあとだったのです。

ドーラと双子《ふたご》は横一列《よこいちれつ》にならび、「お父さまが、砂丘《さきゅう》からもどっていらした！」と言って、なみだぐんでいました。なのに、ローリー夫人《ふじん》はあいかわらず、大佐《たいさ》を冷《つめ》たい目でじっと見つめるばかりです。まるで、こんな人形は知りません、と言っているみたいで、シャーンはまたがっかりしました。

「ローリー夫人《ふじん》って、むかしから気むずかしかったのよ」と、デビーが言いました。

「だけど、二人は夫婦《ふうふ》でしょ。この人形の家が作られてからずっと、この家のお父さんとお母さんだったはずでしょ」と、シャーン。

「だからこそよ。ローリー夫人《ふじん》は、もしこれが大佐《たいさ》じゃなかったら、たいへんなことになると思ってるんだわ。見ず知らずの人形を、この家のあるじにするわけにはいかないでしょ」と、デビー。

「ぜったい大佐《たいさ》なのに……」シャーンは今にも泣《な》きそうな声を出しました。

「そうよ、そうよ、まちがいないわ」と、人形たちも口をそろえました。砂《すな》の中から自分たちのお父さんがもどって来た、と信《しん》じたいのです。

「そうよ、そうよ。まちがえっこないわ！」

するとデビーが言いました。

「もちろん、まちがいないわ。ただ、こんなに時間がたったあとでもどって来るなんて、なんだかすばらしすぎて、夫人《ふじん》にはどうしても信《しん》じられないんじゃないかしら」

「なにか、大佐《たいさ》だっていう証拠《しょうこ》になるものがあったらいいのに……」シャーンは、はなをすすりながら言うと、ローリー大佐《たいさ》を持ちあげて、証拠《しょうこ》になりそうなものをさがしました。そして、飾《かざ》り帯《おび》の上にしめたベルトの左側《ひだりがわ》に、小さな輪《わ》っかがついているのに気づきました。

「これって、なにをするもの？」シャーンはデビーにたずねました。

「剣《けん》をさすための輪《わ》よ」デビーが答《こた》えました。

「剣《けん》を？　でも、剣《けん》は、食堂《しょくどう》の暖炉《だんろ》の上にあるでしょ」

「置《お》いていったのよ。だって、ピクニックに剣《けん》なんかいらな――」

「そうだ！」シャーンは、デビーの言葉《ことば》をさえぎりました。「ローリー夫人《ふじん》は、あの剣《けん》が大佐《たいさ》のものだって知っているわよね。だったら、夫人《ふじん》に剣《けん》をとりに行かせて、この輪《わ》っかに通《とお》したら……」

「そうね、そうしたらいいわ。むかしは、夫《おっと》の腰《こし》に剣《けん》をとめるのは妻《つま》の役目だったっていうもの」と、デビーがシャーンに教《おし》えました。

「とめ金がないから、とめるのはむりだけど、この輪《わ》っかに通《とお》すのだったらできるよね」と、シャーン。

「それで、剣《けん》が輪《わ》っかにぴったり合ったら……もし、ぴったりだったら……」

シャーンは、おもおもしい手つきでローリー夫人《ふじん》をいすから持ちあげると、食堂《しょくどう》へうつしました。ローリー夫人《ふじん》にかべの剣《けん》をとらせるためには、食堂《しょくどう》のいすにのせなければなりません。

シャーンは剣《けん》をおろすと、夫人《ふじん》の両手に、そっとのせてあげました。そのとき、夫人《ふじん》の体から、ふっと力がぬけたような気がしました。

シャーンがローリー夫人《ふじん》を応接間《おうせつま》にもどすと、「さあ、夫《ふ》人《じん》をひざまずかせて」と、デビーが言いました。

ローリー夫人《ふじん》のひざの部分《ぶぶん》はおがくずでできていますから、ちゃんとひざまずくことができるのです。

長くて黒いドレスのすそをうしろに広げ、大佐《たいさ》のそばにひざまずいた夫人《ふじん》のすがたは、とても美しく見えました。

シャーンは剣《けん》を手にとり、ローリー夫人《ふじん》

の目の前で、大佐《たいさ》のベルトについている輪《わ》っかの中へさしこみました。すると、剣《けん》の先は床《ゆか》すれすれのところでぴたりととまり、剣《けん》のつかは大佐《たいさ》の手にちょうどおさまりました。輪《わ》の大きさも剣《けん》の長さも、ちょうどぴったりだったのです。

「うわあ、やったーっ！　すごーい！」人形たちが、いっせいに歓声《かんせい》をあげました。もちろん、シャーンとデビーには聞こえませんでしたけれど。

　ローリー夫人《ふじん》は、ほんの少しのあいだ、じっとひざまずいたまま大佐《たいさ》を見あげていましたが、そのあと、大佐《たいさ》の足もとに、うつぶせにたおれこみました。

　シャーンがうっかり夫人《ふじん》を押《お》したのだ、と思う人もいるでしょう。けれどシャーンは、神さまにちかって、ぜったいに押《お》してない、と言っています。

「なんだか、へんな気分だわ。すごくうれしいのに、やっぱりとっても悲《かな》しいの」と、お姉《ねえ》さん人形のドーラが言いました。

　つまり、お父さん人形の大佐《たいさ》がもどって来たのはうれしいけれど、お兄《にい》さんのトーマスと、弟のカーリーのことを考えると、悲《かな》しい気持ちになるということです。ほかの人形たちも、同じ気持ちでした。

「それに、カーリーは帰ってくるかもしれないと思っていたけど、大佐《たいさ》のことは、あきらめていたんだもの」と、ドーラが言いました。

「夢《ゆめ》にも思ってなかったよね」パールが言いました。

「これっぽっちもね」オパールも言いました。

人形たちは、とりわけローリー夫人《ふじん》のためによろこんでいました。

「だって、小さな女人形がたった一人で、こんな大きな人形の家をきりもりするのは、たいへんだもの」と、みんなは口をそろえました。

「これからは、お父さまが仕事を引きうけてくださるわ」ドーラが言いました。

「それに、剣《けん》であたしたちを守《まも》ってくださるのよね」パールが言いました。

「そしたら、いつでも安心していられるのよね」オパールも言いました。

「ええ、わたくしも、心からうれしいと思っています」と言ったものの、シャーロット先生の心は、ほんとうはまだからっぽのままでした。胸《むね》の痛《いた》みも、消《き》えてはいません。「ああ、トーマスさえいてくれたら……」

「あら、二人いっぺんにもどって来てほしいなんて、虫がよすぎるんじゃないでしょうかねえ」と、モレロが言いました。

「二人じゃなくて、三人よ。大佐《たいさ》とトーマスとカーリーに、もどって来てほしいのよ」と、ドーラが悲しそうに言いました。

「三人いっぺんなんて、なおさらむりですよ」と、モレロがあきれたように言いました。

そのとき、トントントン！　という、ほんもののノックの音が、大きくひびきわたりました。おやしきの玄関《げんかん》に、郵便屋《ゆうびんや》さんがやって来たのでしょう。ルイスさんが言っていた魔法《まほう》の朝には、まだつづきがあるようです。

ブロドウェン・オーエンさんは、ちょうど洗《あら》い終えた洗濯《せんたく》ものをかかえて二階《かい》へあがったばかりだったので、ノックの音を聞くと、「まったくもう、間《ま》の悪い！」と言いました。

「じゃあ、あたしが行ってくる。きっとルイスさんだわ。ドアをたたいて、なにか知らせてくれてるのよ！」シャーンはそう言うと、玄関《げんかん》にかけおりていきました。

「ルイスさんですって！　郵便屋《ゆうびんや》さんにきまってるじゃありませんか。シャーン嬢《じょう》ちゃまは、まったくどうかしてるよ」と、ブロドウェン・オーエンさんは、あきれたようにつぶやきました。

でも、呼《よ》んでいたのは、まさにルイスさんだったのです。郵便屋《ゆうびんや》さんとルイスさん、両方といってもいいかもしれません。郵便屋《ゆうびんや》さんはシャーンに、切手がたくさん貼《は》ってある、小さな小包《こづつみ》をわたすと、言いました。

「お嬢《じょう》ちゃん、これは、あんたあての荷物かい？　局《きょく》の仲間《なかま》からは、こんな住所は見つけられっこない、って言われたんだけどさ、ほら、ここのドアに人形がぶらさがってたんで、ひょっとしたら目《め》印《じるし》なのかな、と思ってね」と言って、郵便屋《ゆうびんや》さんはルイスさんのほうにあごをしゃくりました。

このとき、シャーンは、ルイスさんを玄関《げんかん》のノッカーにつりさげておいてほんとうによかった、と思いました。

たしかにその小包《こづつみ》のあて名は、とても変《か》わっていたのです。

『北ウェールズ　ペンヘリグ　海岸通りの家
人形が落ちたときに窓《まど》から下をのぞいていた、
黒髪《くろかみ》の小さな女の子へ』

「きっといたずらですよ。こんなおかしな話、聞いたことありませんよ」と、ブロドウェン・オーエンさんは、あて名を見るなり言いました。

シャーンは二階《かい》の子ども部屋に小包《こづつみ》を持ってあがり、書かれている文字をもう一度ゆっくり読みました。

「人形が落ちたとき……ってことは、カーリーよね！　カーリーが、もどって来たんだわ！」

「カーリー、カーリー、カーリー」という人形たちのささやきが、人形の家の中をかけめぐりました。

でもルイスさんは、なにも言わずに、郵便屋《ゆうびんや》さんがたたいたノッカーにぶらさがって、にこにこしながらゆれていました。

シャーンは小包《こづつみ》を見つめて、「カーリー！」と呼《よ》びかけました。

「でもさ、フランスの切手が貼《は》ってあるぜ」と、ケネスが口を出しました。

「これって、フランスの切手なの？」

「ばかだなあ、あたりまえだろ」

「ばかってことはないでしょ」と、デビーが言いました。「あんただって、シャーンくらいのときは、フランスの切手なんて見たことなかったじゃないの」

そして、デビーは、切手《きって》にフランスのお金の単位《たんい》が印刷《いんさつ》してあるのを指さして、シャーンに教《おし》えてあげました。一フラン*切手《きって》と二フラン切手と三フラン切手が、一枚ずつ貼《は》ってあります。

「じゃあ、カーリーはフランスまで行ったってこと？」シャーンには、わけがわかりません。

人形たちも、ささやきあいました。

「フランスへ？」

「カーリーが？」

「でも、どうやって？」

「カーリーは、ゴールデン号に乗っていったのよ」

「じゃあ、ゴールデン号がフランスまで行ったってこと?」

シャーンは、小包《こづつみ》をゆわえてあるひもの結《むす》び目《め》をほどこうとしましたが、なかなかうまくいきませんでした。

「ナイフのほうが早いぞ。フランスの切手《きって》をくれるんなら、おれが切ってやるよ」と、ケネスが言いました。

「うん、うん。ぜんぶあげるから、切っちゃって!」シャーンは待《ま》ちきれずに言いました。一秒でも早く、カーリーのすがたを見たかったのです。

ケネスにひもを切ってもらい、シャーンが茶色《ちゃいろ》い包《つつ》み紙《がみ》をやぶると、箱《はこ》が出てきました。ふたを開《あ》けると、中にはうす紙《がみ》と綿《わた》がぎっしりつまっています。シャーンがうす紙《がみ》と綿《わた》を少しずつとり出すにつれて、だんだん紺色《こんいろ》のものが見えてきました。

「やっぱりカーリーね!」シャーンが、最後《さいご》のうす紙《がみ》と綿《わた》をとり出すと、人形がすがたをあらわしました。

でも、カーリーではありません。

それは、若《わか》い男の人形で、背《せ》たけが十五センチ以上《いじょう》ありました。すらりとしたすてきな青年《せいねん》で、と

* 当時のフランスのお金の単位。二〇〇二年からはユーロになった。

うもろこし色のほんものの髪《かみ》の毛《け》が、頭にきっちり貼《は》りつけられています。ほおは赤く、瞳《ひとみ》は青くぬってありました。しかも、身につけているのは海軍《かいぐん》の軍服《ぐんぷく》です。

「これって、海軍将校《かいぐんしょうこう》の服よねえ」シャーンは、ふーっと息を吐《は》きました。

　上下ともに紺色《こんいろ》で、上着《うわぎ》には、花のたねくらいの小さな金ボタンがついています。そでには、とても細い金の糸で、二本線がぬいとられていました。

「二本線だ！　それって、大尉《たいい》ってことだぜ」と、ケネスが声をあげました。

「じゃあ、もしかして……これは、まさか——」とシャーンが言いだし、そのあと人形たちもいっしょにさけびました。「トーマスだ！」

「でも、そんなわけないわ。だって、トーマスはフランスにいるんでしょ」と、シャーンが言いました。

「こいつはフランスから送られてきたんじゃないか、ばっかだなあ」と、ケネスがまた、からかうように言いました。

　でもシャーンは、自分がばかだなんて思いませんでした。ほんとうに、ふしぎなことだらけなのですから。

「じゃあ、どうしてトーマスはここにとどいたの？　あのアーレットっていうフランス人の女の子が、送《おく》り返してくれたってこと？」

「ちがうわ、アーレットじゃないわよ。だって、ほら、これを見て！」

デビーがそう言って、トーマスの体の下にあった紙切《かみき》れをひっぱり出すと、そこに書かれていたフランス語の文章《ぶんしょう》を訳《やく》して、読みあげてくれました。

「『会ったことのないお友だちへ。心をこめて、マリー・フランスより』ですって」

「マリー・フランスは、アーレットとはまたべつの、フランス人の女の子ね」と、シャーン。

「そうみたいね」

「でも、なぜなの？　どうして、その子がトーマスを送《おく》ってきたの？」

どうしてなのかは、だれにもわかりません。小包《こづつみ》には差出人《さしだしにん》の住所が書いてなかったので、問いあわせることもできませんでした。

「それで、このお人形は、ほんとうにトーマスなのかしら？」と、シャーンが言いだしました。

砂《すな》の中で見つかったお人形が大佐《たいさ》だということは、うたがいようがありません。行方不明《ゆくえふめい》になった場所《ばしょ》から見つかったわけですし、ケネスが言うように、「同じ砂丘《さきゅう》で大佐《たいさ》の人形が二つも行方不明《ゆくえふめい》になるなんてありえない」からです。

でも、フランスは大きな国ですし、人形だって、国じゅうにあふれるほどあるでしょう。しかも、どういうわけか、デビーにも、あとでたずねてみたお母さんも、トーマスのすがた形《かたち》をはっきりと思い出せない、と言うのです。シャーンは、トーマスがいなくなったとき赤ちゃんでしたから、おぼえているわけがありません。

「この人形、トーマスにしては、ちょっと新しすぎるかしらね。送《おく》られてくるまえに、きれいにしてもらったのかもしれないけど」と、デビーが言いました。

シャーンはだんだん心配になってきました。でもそのとき、いい考えがひらめきました。

「ほんもののトーマスじゃなかったら、もう一人のトーマスってことにすればいいわ！」

たしかに、そのとおりです。

「そうね。兄弟や息子《むすこ》なら、もう一人いたってかまやしないもの。婚約者《こんやくしゃ》だって、べつの人に変《か》わることもあるし」と、デビーも賛成《さんせい》しました。

「でも、大佐《たいさ》の場合《ばあい》は話がべつよ。だって、ほんとうの父親は一人しかいないでしょ。だから、ローリー夫人《ふじん》はすごく慎重《しんちょう》だったのよ。でも、トーマスなら、もう一人いたっていいと思うわ」

そして、デビーはつづけて、シャーンにたずねました。「ねえ、恋人《こいびと》たちの再会《さいかい》はどうするの？」

ちょっとからかっているように聞こえましたが、デビーにそんなつもりはなかったはずです。

「恋人《こいびと》？　げえっ、なんだそれ！」と、ケネスは大げさにさけびました。

「だって、二人は愛《あい》しあっていたのよ」

シャーンはそう言ったあとで、シャーロット先生は二人だけでこっそり会いたいにちがいない、とひらめきました。なんといっても、トーマスの帰りをいちばん待《ま》ちのぞんでいたのはシャーロット先生ですし、先生はまだ、人形一家の家族《かぞく》というわけではないのですから。

シャーンは、大きな声で言いました。

「トーマスの箱《はこ》のところに、シャーロット先生を連《つ》れてくるわね！」

年上にかこまれて育ったのと、内気《うちき》な性格《せいかく》のせいでしょうか、シャーンは、みょうにまじめになるときがあって、ケネスにしょっちゅうからかわれます。人形の家まで歩いていって、シャーロット先生を持《も》ちあげたときも、シャーンがひどく深刻《しんこく》な顔をしていたので、人形たちはぎょっとしました。

「あーあ、いいことのあとには、かならず悪いことがおこると思ってましたよ」と、モレロが言いました。

「えーっ、せっかくいいことがあったばかりなのに！」と、ほかの人形たちは悲鳴《ひめい》をあげました。

「きっと悪い知らせですってば」と、モレロはおもしろがっていましたけれど、ほかの人形たちは、

「じっと待ちましょう。ちゃんと耳をすまして、よく見ていましょうね」と、声をかけあいました。

シャーンは、人形の家からシャーロット先生をとり出すと、トーマスの箱《はこ》がある子ども部屋のテーブルまで持っていきました。トーマスは、うす紙《がみ》にうずもれるようにして、箱《はこ》の中に立っています。

シャーンは、とてもまじめな顔で、シャーロット先生に話しかけました。

「信《しん》じられないようなことがおこったの——」

シャーンはそこで急に、言葉《ことば》を切りました。なぜなら、箱《はこ》の中のトーマスの紺色《こんいろ》と金色の軍服《ぐんぷく》をち

らっと見たとたん、シャーロット先生が、シャーンの手を離《はな》れ、トーマスのほうへ飛んでいってしまったからです。シャーンが、シャーロット先生をちゃんとつかんでいなかったせいでしょうか。胸《むね》がどきどきして、持《も》つ手がふるえていたのでしょうか。それとも、ケネスが押《お》したのでしょうか。もちろんケネスは、そんなことするもんか、と言いました。

とにかく、シャーロット先生のようすは、ローリー夫人《ふじん》の慎重《しんちょう》な態度《たいど》とは大ちがいでした。

シャーンは、きゃっ、とさけびました——少なくとも、そこにいた人たちは、シャーンの声だと思いました。シャーンがシャーロット先生を片手《かたて》に持ったまま、箱《はこ》の中で立っていたトーマスをもう一方の手で持ちあげようとした瞬間《しゅんかん》、先生は前にさしのべられてい

たトーマスの両腕《りょううで》のあいだに、飛《と》びこんでいったのです。金髪《きんぱつ》の頭をトーマスの肩《かた》にあずけ、落ちたときの衝撃《しょうげき》でしょうか、すみれ色のドレスに包《つつ》まれた体はふるえていました。

「シャーロット先生ったら、泣《な》いてるの?」と、シャーンはふしぎそうにつぶやきました。

「そうよ。うれしくて泣《な》くこともあるのよ」と、デビーが言いました。

ただ、シャーロット先生の顔は、紺色《こんいろ》の軍服《ぐんぷく》のかげにかくれていたので、ほんとうに泣《な》いていたのかどうかはわかりません。先生はほっそりした片手《かたて》をトーマスの首にまわし、トーマスはシャーロット先生のほうへ、少し顔をかたむけているように見えました。

「やっぱり、ほんもののトーマスみたいね」と、デビーが言いました。


「信《しん》じられないことがおこった、ってシャーンは言ったけど、こんなすてきなことでよかったわ」と、ドーラが言いました。

「うん、よかったね」パールが言いました。

「ほんとうに、よかったね」オパールも言いました。

人形たちは、まだ興奮《こうふん》していました。

もちろんシャーンも、ほかのことが手につかず、人形の家を何度も開《あ》けて、中をのぞいていました。人形の家の中に男の人形が二人もいるなんて、めずらしくてしかたなかったのです。応接間《おうせつま》には大佐《たいさ》とローリー夫人《ふじん》が、居間《いま》にはトーマスとシャーロットがならんでいました。（家族《かぞく》になるのですから、もうだれも『先生』なんて呼《よ》びません。）ほんとうに、信《しん》じられないことでした。しかも、トーマス自身《じしん》、どうしてここへ来たのかまったくわからない、と言うのです。

「カーリーには会ったの？」人形たちは、トーマスにたずねました。

「カーリーって、だれのことだい？」トーマスはきき返しました。

「あのカーリーよ」

「この家の子どもよ」

「あなたをさがしに行ったのよ」

するど、トーマスは答えました。

「カーリーなんていう人形は知らないなあ。会ったこと、ないよ」

それどころかトーマスは、アーレットという女の子のことも、むかしこの人形の家で暮《く》らしていたことも、おぼえていませんでした。でも、トーマスの身におきたことを考えれば、それもしかたありません。いつ、どこでなのかはわかりませんが、トーマスのもとの頭は、こなごなに割《わ》れてしまったらしいのです。今の頭は、そのあとつけかえられた、新しいものでした。

「船が沈没《ちんぼつ》したせいなの？」と、ローリー夫人《ふじん》がトーマスにたずねました。

「さあ、船に乗った記憶《きおく》はありませんけど」

「でも、あなたが船に乗って行ってしまうのを、みんなで見ていたのよ」人形たちは口々に言いました。

すると、シャーロットが体をふるわせ、悲鳴《ひめい》のような声をあげました。

「おねがい、その話はやめてちょうだい！」

「ぼくは、もうどこへも行かないよ。ほら、見てごらん、ここにいるだろ」

トーマスがやさしくなだめると、シャーロットは言われたとおり、どんなに見ても見あきないという目で、トーマスのことを見つめました。

トーマスが思い出せるのは、あるとき目を覚《さ》ますと、人形病院にいて、新しい頭がついていて、とうもろこし色の髪《かみ》の毛《け》を貼《は》りつけてもらっているところだった、ということだけなのです。

「そのあと箱《はこ》に入れられて、マリー・フランスのところへ送《おく》られたんだ」

「マリー・フランスって、小包《こづつみ》を送ってきたフランス人の女の子よね」と、ドーラが言いました。

「ぼくが知っているのは、その子だけだよ。その子のお母さんがこの軍服《ぐんぷく》を作ってくれて、ぼくは、キャビネットの中に入れられたんだ。キャビネットっていうのは、ガラスの扉《とびら》がついた戸棚《とだな》のことだよ」トーマスは、小さなパールとオパールにもわかるように説明《せつめい》しました。

「じゃあ、遊《あそ》んでもらえなかったの？」と、人形たちは気のどくそうにたずねました。

「マリー・フランスは、小さな女の子じゃなかったからね。デビーと同じくらいに見えたなあ。だから、ぼくや、ほかの人形たちを、ただ集《あつ》めていただけなんだ。

キャビネットの中には、いろんな国から来た人形がたくさんいたよ。ほかの人形たちの言葉《ことば》は、まるでちんぷんかんぷんだったから、イギリスの人形は、ぼくだけだったんじゃないかな。なぜか、自分がイギリスの人形だってことは、わかってたんだ。でも、ほかのことは、なんにもわからなかった。あとは、マリー・フランスがぼくをまた箱《はこ》に入れて、ここに送《おく》ったってことしか知らないんだ」

「この人形の家のことを、おぼえてないの？」

「頭では思い出せないけど、体はおぼえてるみたいだよ」

なぜなら、人形の家にいると、トーマスは、ほかのどこにいたときよりも心が休まり、しあわせな気持《きも》ちになるのです。それに、シャーロットを見つめるたびに、守《まも》ってあげたいという強い気持ちが、おがくずのおくから、むくむくとわきあがってくるのでした。

「うん。なんだか、ずっとここで暮《く》らしていたみたいな気がするよ」

「もう、窓辺《まどべ》に立たなくていいわね」と、ドーラがシャーロットにささやきました。

「もう、頭が痛《いた》くなったりしないよね」パールが言いました。

「もう、胸《むね》が痛《いた》くなったりしないよね」オパールが言いました。

お兄《にい》さんとお父さんが家にいるのは、人形の子どもたちにとって、とてもすばらしいことでした。

でも……。

「カーリーがいないわ。あたし、カーリーのことがほんとうに好《す》きだったのに」と、ドーラが、がまんできずに言いました。

人形一家の悲しみは、まだ終わったわけではないのです。

「二人もどって来たんですから、三人めはもう待《ま》たずに、あきらめるしかありませんよ」と、モレロが言いました。

「お父さまのことは、あきらめていたよね」パールが言いました。

「トーマスのことも、あきらめていたよね」オパールが言いました。

「それでも二人とも、もどってきたわ」と、ドーラがつけ加《くわ》えました。「それに、待《ま》っているわけじゃないの。あたしはただ、心からねがっているだけ」

そのあと、ドーラは、モレロにとも、だれにともなく言いました。

「ルイスさんがまだ玄関《げんかん》にいてくれるって思うと、なんだかすごく心強《こころづよ》いわ」

「あれっ……男の子が通りをうろついてる」と、窓辺《まどべ》にいたシャーンが言いました。『うろついてる』というのは、お姉《ねえ》さんのデビーがよく使う言葉《ことば》です。

「なんの用かしら。うちに来たお客さんなの？」と、デビーがききました。デビーは子ども部屋で、ローリー大佐《たいさ》の新しい軍服《ぐんぷく》をぬっているところでした。

「うちのお客のわけないよ。船乗り学校の生徒《せいと》みたいだもん」と、ケネスが言いました。

「ちょっと待《ま》って。そうよ……きっとそうよ！」

シャーンは、なにかぴんときたようです。

もちろん、『うろついて』いたのはベルトランでした。お医者《いしゃ》さんに言われたとおり、一週間近くベッドで寝《ね》ていて、そのあとも学校に閉《と》じこめられていたので、ベルトランが町へやって来たのは、ゴールデン号がもどって来たあの日以来《いらい》のことでした。

「風邪《かぜ》が治《なお》ったと思ったら、一週間、罰当番《ばっとうばん》をさせられていたんです……」と、ベルトランはあとでシャーンに説明《せつめい》しました。

そして今日、外出許可《がいしゅつきょか》がおりるとすぐに、カーリーをセーターのポケットに入れ、まっすぐ海岸通りへやって来たのです。でも、海岸通りぞいの背《せ》の高い家々をじっくり見ながら歩いても、どれがさがしている家なのか、まるで見当《けんとう》がつきません。

一カ月まえのベルトランなら、相手《あいて》の迷惑《めいわく》も考えずに、かたっぱしから玄関《げんかん》のベルを鳴《な》らしまくったことでしょう。でも今日は、まずよく見てまわって、黒髪《くろかみ》の小さな女の子が住んでいる家がないか、ゆっくりさがすつもりでした。

でも、黒髪《くろかみ》の女の子なんて、どの家にもいそうです。なにしろウェールズは、黒髪《くろかみ》の小さな女の子だらけなのですから。

いっぽう、カーリーは、ベルトランのセーターの編《あ》み目《め》ごしに、あたりのようすをながめていました。白黒の杭《くい》と背《せ》の高い家々が見えてくると、浜辺《はまべ》にうちよせる波の音や、ボートが岸壁《がんぺき》のコンクリートにゴツンゴツンとあたる音、カモメの鳴き声も聞こえてきました。

「ぼく、帰ってきたのかなあ？　だってここは、おやしきのそばみたいだもん。だったら、人形の家もすぐ近くにあるってことだよね？　また、みんなに会えるってことだよね？　ねえ、みんな、ぼく、海をわたったんだよ！　ゴールデン号に乗って航海《こうかい》して、海の中にしずんだりもしたんだよ！　船が港《みなと》に帰ってきたあともずっと、船乗り学校にいたんだよ！」と、カーリーは心の中で一気《いっき》にさけびました。

カーリーにとって、こんなにうれしいことはありません。お姉《ねえ》さん人形のドーラに、また会えるのです。双子《ふたご》のパールとオパール、バブちゃんやローリー夫人《ふじん》、それに、シャーロット先生にも。モレロにだって、会いたい気がしました。自分が経験《けいけん》したことを、とくにモレロにはちゃんと知らせてやりたかったからです。それから、ルイスさんにも！

ルイスさんの笑顔《えがお》を思い出したとたん、カーリーは、心臓《しんぞう》が飛《と》び出《だ》しそうなほど、うれしくなりました。もちろん人形に心臓《しんぞう》はありませんけれど、胴体《どうたい》を作っている木や、せともの、おがくずのおくに、うれしいときにはあたたかさを、悲しいときには痛《いた》みを感じる場所《ばしょ》が、ちゃんとあるのです。

カーリーは、うれしくなって、「ルイスさん！　ルイスさん！」と、何度もさけびました。

その声が聞こえたわけではないのですが、ちょうどそのとき、海岸通りの海側《うみがわ》の歩道をぶらぶら歩いていたベルトランの目に、あるおやしきの玄関先《げんかんさき》にゆらゆらゆれている赤いもの――ルイスさんのスカート――がとびこんできました。

ベルトランは立ちどまり、もう一度目をこらすと、かけ足で道をわたりました。人形です！　玄関《げんかん》のノッカーに、風変《ふうが》わりな小さい人形がぶらさがっています。きっとこの家にちがいない、とベルトランは思いました。

子ども部屋の窓《まど》から下をのぞいていたシャーンは、ベルトランが通りを小走りにわたって来るのを見て、思わず、ケネスの腕《うで》をぎゅっとつかみました。ケネスは骨太《ほねぶと》でがんじょうだったからよかったものの、そうでなければ、きっといたくて悲鳴《ひめい》をあげたことでしょう。

「ルイスさんに気づいたわ」と、シャーンは、息をころして言いました。

ベルトランは、玄関《げんかん》の段々《だんだん》の上で立ちどまると、ノッカーにぶらさがっている人形をまじまじと見つめました。こんな風変《ふうが》わりな人形は、見たことがありません。でも、やさしい笑顔《えがお》と、むかし風《ふう》の衣装《いしょう》が、いっぺんで気に入りました。赤いスカートをはき、肩《かた》には小さめのショールをかけ、白いボンネットの上に黒いとんがり帽子《ぼうし》をかぶっています。魔女《まじょ》だ！　と一瞬《いっしゅん》思いましたが、そのあと、ペンヘリグの町の売店《ばいてん》で、似《に》たようなおみやげ人形を見かけたのを思い出しました。この人形ほどすてきなものは、売っていませんでしたけれど。

魔女《まじょ》の人形ではなく、ウェールズならではの人形なんだ、と気づいたとたん、ベルトランはいいことを思いつきました。妹のマリー・フランスに、この人形をおみやげに買って帰ってやろう、ときめたのです。マリー・フランスはいろんな人形を集《あつ》めていたけど、ウェールズの人形はもってないはずだ——むかしのベルトランなら、ぜったいに考えつかなかったことでした。

二階《かい》では、シャーンが窓《まど》の外にぐっと身を乗り出したので、デビーが悲鳴《ひめい》をあげ、ケネスはシャーンのセーターの背中《せなか》をひっつかみました。

「おい、ばか、窓《まど》から落ちちゃうぞ」

「だって、あたしのお客さんよ」

シャーンは、ケネスの手をふりはらおうとしました。

「『あたしのお客さん』だって！　船乗り学校の生徒《せいと》が、おまえのお客？　へえー、そいつはすげえなあ」と、ケネスはからかうように言いました。

「だって、そうなんだもん」

あのときカーリーをひろった、小柄《こがら》で、黒髪《くろかみ》で、すばしっこくて鼻の高い少年にまちがいありません。

「あのときの人よ、おぼえてるもん。それに、ちゃんとルイスさんに気づいてくれたわ。あたし、下へ行くんだから、放《はな》して！」シャーンは、体をよじりながら、わめきました。

「船乗り学校の生徒《せいと》相手《あいて》に、なにばかなことしようとしてんだよ。頭がおかしいと思われるぞ」と、ケネスは顔をまっ赤《か》にして言いました。

「放《はな》してったら！」シャーンは大声を張《は》りあげると、なんと、ケネスになぐりかかりました。

妹にそこまでされて、だまっているわけにはいきません。ケネスは、思い知らせてやろうと、こぶしをかためました。ところが、ちょうどそのとき、玄関《げんかん》のベルが鳴《な》ったのです。

「ほら、やっぱり来た！」と、シャーンがさけびました。

「べつの客かもしれないぞ」と、ケネスはこぶしをにぎりしめたまま言い、シャーンのセーターもしっかりつかんで、放《はな》しませんでした。

そこに、ブロドウェン・オーエンさんがやって来たのです。

「シャーン嬢《じょう》ちゃま、お客さんです。男の子が下に来てますよ」

それでケネスは、しぶしぶながらも、手を放《はな》すことになりました。


「きみの人形、ぼろぼろになって、よごれてしーまったんです。だけど……あー、あのー、海の底《そこ》にしずんだままになんなくて、よーかったです」と、ベルトランは言いました。

カーリーは今、子ども部屋のテーブルの上にのせられ、シャーンと、デビーと、ケネスと、ブロドウェン・オーエンさんにとりかこまれていました。カーリーが、こんなふうにみんなから注目《ちゅうもく》されたのは、はじめてです。料理番《りょうりばん》までが、台所からわざわざカーリーを見にやって来ました。

それにしても、なんてひどいすがたでしょう！　ゴールデン号でもどって来たときよりも、さらによごれています。ベルトランの風邪《かぜ》が治《なお》ってから一週間、船乗り学校で生活しているあいだに、きれいにしてもらうどころか、ますますきたなくなってしまったようです。

海水にまみれ、服からしみ出た青い染料《せんりょう》にそまっていたカーリーは、そのあとも、ベルトランのポケットから、石炭入《せきたんい》れの中や、かわいた泥《どろ》の上など、いろいろなところに落っこちました。おかげで、どこもかしこも、うすよごれてしまったのです。

おまけに、ベルトランと船乗り学校の男の子たちとの、とっくみあいにも巻《ま》きこまれました。本気のけんかではなく、半分ふざけていたのですが、男の子たちは手加減《てかげん》をしないので、がんじょうなカーリーも、無事《ぶじ》ではすみませんでした。おかげで、片方《かたほう》の手のひらが半分欠《か》けてしまい、鼻にも傷《きず》がつきました。

でもカーリーは「あの有名《ゆうめい》なネルソン*提督《ていとく》だって、片目《かため》と片腕《かたうで》をなくしてるんだよ」と、胸《むね》を張《は》って言いました。ネルソン提督《ていとく》のことは、船乗り学校にあった肖像画《しょうぞうが》を見て、知ったのです。

またべつの日の夜、男の子たちはふざけて、ベルトランのポケットの中に、インゲン豆《まめ》のトマトソース煮《に》を入れました。おかげで、ただでさえのりがはがれてずれていたカーリーの髪《かみ》の毛《け》に、豆とソースがこびりつき、かたまってしまいました。

それでもカーリーは、「どうか、シャーンとデビーが、ぼくを人形の家にもどすまえに洗《あら》ったりしませんように！」と、ねがっていました。カーリーのガラスの目は、片方《かたほう》にコンブの切れはしがこびりつき、すっかりよごれていましたが、そうでなければ、瞳《ひとみ》はきらきらとかがやいていたことでしょう。

「ああ、モレロに、このままのすがたを見せてやりたいなあ！」

カーリーのねがいを感じとったのか、シャーンはカーリーを持ちあげると、そのまま人形の家の応《おう》接間《せつま》のまん中に置《お》きました。そして、いそいで、べつの部屋にいたほかの人形たちを、カーリーのいる部屋《へや》へうつしたのです。早くしないと、なんだか人形たちが勝手《かって》に走りよってきそうでした。

「カーリー！」

「心配したわ！」

「よく無事《ぶじ》で！」

「ああ、カーリー！」

「もう、びっくりして、あたしは羽根《はね》でなでられただけで、たおれちゃいそうですよ」と、モレロは言いました。でも、そんなわけはありません。なにしろモレロは、こんなことでたおれるような、やわな人形ではありませんから。

「じゃあ、たおれちゃえ！　おがくずおばけ！」と、カーリーはモレロに言ってやりました。どうやら船乗り学校で、らんぼうな口のきき方をおぼえたようです。

「なんだってえ、うすぎたないちびすけめ！」と、モレロは言い返しました。

でも、カーリーも、ほかの人形たちも、モレロにかまっているひまなどありませんでした。

＊　イギリスの海軍司令官《しれいかん》ホレイショー・ネルソン（一七五八〜一八〇五）のこと。イギリス本土に攻《せ》めこもうとしたフランス軍をトラファルガーの海戦《かいせん》でやぶり、イギリスの英雄《えいゆう》となった。

ベルトランは、手に持《も》っていたルイスさんをシャーンに見せ、ノッカーで玄関《げんかん》の戸をたたいたとき、ゆわえてあったひもが切れて、手の中にこの人形がぽとんと落ちてきたんです、と説明《せつめい》しました。

「ああ、やっぱりルイスさんは、ちゃんと役目をはたしてくれたのね」と、シャーンは言いました。

ベルトランは、ルイスさんをにぎったまま、子ども部屋のテーブルのわきに立ち、これまでのことを話しはじめました。

「いよいよなぞがとけるわね」と、お姉《ねえ》さん人形のドーラが言いました。

ベルトランの話しぶりは、ほんとうにみごとでした。子ども部屋も、人形の家も、針《はり》一本落ちても聞《き》こえるほど静《しず》かになり、ケネスやモレロさえ、おとなしく耳をかたむけました。

ベルトランは、どういうわけか、話そうと思っていなかったことまで話してしまいました。まずは、フランスの家族《かぞく》、素《す》もぐりについての本を書いているお父さん、お母さん、弟のピエールや妹のマリー・フランスのことから語《かた》りはじめました。

「マリー・フランスって、妹だったのね」と、シャーンとデビーが小声で言いました。

「マリー・フランスって、妹だったのね！」人形たちもささやきあいました。

ベルトランは、ぼくはうぬぼれ屋でした、と言いました。そしてロンドンのおじさん、おばさん、カメラ好《ず》きの年上のいとこや、タイガーティムという名前の馬を飼《か》っている年下のいとこの話になると、にが笑《わら》いしながら、フランス語《ご》でなにか言いました。

「みんなから、すごくきらわれていたんですって」と、デビーはベルトランがフランス語《ご》で言ったことの意味を、シャーンに教《おし》えました。

「かわいそうなベルトラン……」ベルトランを悪く思う人がいるなんて、シャーンには信《しん》じられません。

船乗り学校で、ほかの生徒《せいと》たちからいじめられた話になると、こんどはケネスがだまっていませんでした。

「そいつら、ぶんなぐってやりたいなあ」

「ノーン（いいえ）、とんでもないです。みんなは悪くあーりません」

ベルトランがどんなにつらい目にあっていたかを知って、シャーンは思わず、ベルトランの手をしっかりにぎりしめました。ルイスさんを持っていないほうの手を、です。そのときシャーンは、自分が恥《は》ずかしがり屋《や》だということなど、すっかり忘《わす》れていました。

ベルトランは、休憩室《きゅうけいしつ》での一件《けん》についても話しました。窓《まど》ガラスを割《わ》ったくだりでは、みんな息をのみました。デビーは、フジツボ校長はきびしすぎるわ、と言いましたが、ベルトランは首を横《よこ》にふりました。

「校長先生は、えーと、そう、正しかったです」

そのあと、いよいよ、水たまりに落ちたカーリーをひろったときの話になりました。

「この人形、ぼくに幸運《こううん》、くーれました。だから、お守《まも》りにしーてました」

ベルトランの言葉《ことば》を聞いた人形たちは、ほれぼれするようにカーリーのことを見つめました。

ベルトランは、ゴールデン号での日々についても語《かた》りました。カーリーがいっしょにいるようになってから、ぴたりと船酔《ふなよ》いしなくなり、船上《せんじょう》での仕事がうまくこなせるようになったことや、カーリーのおかげでウワバミと友だちになれたこと、ベルトランとウワバミとカーリーが、いっしょに見張《みは》りに立ったときのこともです。

それを聞いて、シャーンはカーリーのことを、とても誇《ほこ》らしく思いました。ケネスはカーリーがうらやましくて、言葉《ことば》も出ません。そして、ベルトランがカーリーを救《すく》うために、海へ飛《と》びこんだときの話になると、だれもが、ほんとうに息がとまるほどびっくりしました。

「本の中のお話みたいだわ」と、ドーラがつぶやきました。

「英雄《えいゆう》のお話みたいね」と、パール。

「ベルトランが英雄《えいゆう》ね」と、オパール。

「カーリーも英雄《えいゆう》よ」と、シャーロット。

「さよう。わが息子《むすこ》こそ、真の英雄《えいゆう》だ」と、ローリー大佐《たいさ》が言うと、トーマスも、「よくやった。すごいぞ」と、声をかけました。

「あーら！　でも、けっきょくフランスには行かなかったじゃありませんか」と、モレロがまぜっ返しました。

「でも、ぼくのことはフランスまで伝《つた》わったんだよ。だってベルトランが、ぼくのことを細部《さいぶ》にわたって書いた手紙を、フランスの妹さんに送ってくれたんだからね」と、カーリーはもったいぶった口調《くちょう》で言いました。『細部《さいぶ》にわたって』というのは、ベルトランがそう言っていたのをまねしただけで、じつは、なんのことかさっぱりわかりません。でも、海軍大尉《かいぐんたいい》にでもなったような、えらそうな言い方に聞こえます。

ところでカーリーは、人形の家にトーマスがいるのに気づいて、ものすごくびっくりしていました。いったいどういうことなのか、わけがわかりません。ローリー大佐《たいさ》のことは、みんなの話を聞いてなるほどと思いましたが、トーマスがもどって来た事情《じじょう》はなぞだらけです。

「じゃあ、やっぱり、ぼくが見つけたってこと？」と、カーリーは頭がこんがらかったまま、たずねました。

「きっとそういうことね。さあ、ベルトランの話のつづきを聞きましょう」と、ローリー夫人《ふじん》が言いました。

ベルトランの話は、ひどい風邪《かぜ》で熱《ねつ》がさがらず、どうしてもカーリーを返しに来ることができなかったときのことになっていました。こわれてよごれてしまった人形をそのまま返すことは、自分が持っていくにしても、仲間《なかま》のウワバミにたのむにしても、やっぱりできなかった、というのです。

「それで、ぼく、思ったんですよ。大切《たいせつ》な水兵《すいへい》の人形がぼろぼーろになったのを見たら、女の子、すごく悲《かな》しーむだろうなって」

そこでベルトランは、妹のマリー・フランスに手紙を書いたのでした。

「妹なら、水兵《すいへい》のかっこうをした人形をもっていーると思ったのです。いろんな兵隊《へいたい》の人形をもっていーますからね。えーっと、太鼓《たいこ》をたたいてる軍楽隊《ぐんがくたい》の人形とか、飛行士《ひこうし》の人形とか、そういうのがあったから、水兵《すいへい》の人形だって、たぶん、あるはずだと思いーました。それに、妹は、もう子どもじゃないから、人形遊《あそ》びはしない、と言ってたんですよ。だったら、きっと一つくらい、分けてくれるでしょう。それで、すぐに水兵《すいへい》の人形を送ってくれるように、たのーみました」

ベルトランは、シャーンのほうを見ながら、さらにつづけました。

「ちゃんと、同じような、小さな水兵《すいへい》の人形を送るように言いーましたよ。ただ、ここの住所がわからなくて……だから、すごくかんたんな、ちょっとおかしな住所しか教《おし》えらーれなかったんですよ。ひょっとしたら、なにもとどいてないかもしーれませんねえ」

そのあとベルトランは、フランス語《ご》でなにかつぶやいてから、あらためてシャーンにたずねました。

「どうですか？　妹から、水兵《すいへい》人形、とどきーましたか？」


ベルトランの説明《せつめい》で、なぞの半分はとけました。でも、どうしてトーマスが――ほんもののトーマスだったら、の話ですが――マリー・フランスのものになったのかは、わかりません。

「あなたの妹さんに、アーレットっていうお友だちはいないかしら？」デビーがベルトランにたずねました。

「さあ、おぼえがありませんけど」と、ベルトランは答《こた》えました。

トーマスも、アーレットのことは、どうしても思い出せませんでした。「むかしの記憶《きおく》は、むかしの頭といっしょになくなってしまったからね」

「じゃあ、なぞののこり半分は、ずっとわからないままなのね」と、シャーンが言いました。

「ずっと、ずっと、わからないまま……」人形たちも言いました。

「わからないことは、わからないままにしておくほうがいいときもあるのさ」ルイスさんがつぶやきました。

「ベルトラン、カーリーはぼろぼろってほどじゃないから、だいじょうぶよ。洗《あら》って、ふいたら、すっかりきれいになるわ」と、デビーが言いました。

「いやだよ！　やめてよ！」カーリーはひっしでさけびました。

「新しい服をこしらえて、髪《かみ》の毛《け》もちゃんと貼《は》りつけてあげるわね」と、デビー。

カーリーは今にも泣《な》きだしそうです。そのとき、ベルトランがうれしいことに気づいてくれました。

「だけど、えーと、あの、あれがのこってしーまいますよね。『あと』でしたっけ？」

「欠《か》けたところのこと？」と、デビーがききました。

「ちがうよ、傷《きず》あとだよ。名誉《めいよ》の負傷《ふしょう》ってやつさ！」と、ケネスが声をあげました。

「そうね。戦《たたか》いに行った者は、名誉《めいよ》の負傷《ふしょう》をおうものね」と、ドーラが言いました。

「ぼく、戦《たたか》いに行ったの？」と、カーリー。

「ある意味《いみ》ではね」と、ドーラ。

カーリーはちょっと考えてから、またドーラにたずねました。

「ねえ、トーマスも名誉《めいよ》の負傷《ふしょう》をしたの？」


日が暮《く》れて、ベルトランが帰ってしまったあとのことです。

シャーンは、人形の家のランプについている、誕生日《たんじょうび》ケーキ用のろうそくに、火をともしました。ろうそくに火をつけてもいいのはとくべつな日だけです。しかも、デビーかブロドウェン・オーエンさんが、子ども部屋にいるときにかぎられていました。

人形の家の窓《まど》に、ろうそくのやわらかい光が、かがやきました。おだやかでしあわせな、家庭《かてい》の光です。

「うれしいなあ」「ほんとうに、しあわせねえ」と、人形たちはささやきあいました。

これからは、ローリー夫人《ふじん》が何時間も机《つくえ》にむかって、

請求書《せいきゅうしょ》やお金の心配《しんぱい》をすることはありません。そういったことは、なにもかも、ローリー大佐《たいさ》が引きうけてくれるのです。シャーンはそのかわりに、ローリー夫人《ふじん》の手に裁縫用《さいほうよう》の布《ぬの》きれを持たせてあげました。夫人《ふじん》は、ようやく、ぬいものをしたり、子どもたちにお話を聞かせたり、バブちゃんを抱《だ》っこしたりする時間がもてるのです。子どもたちにお話をするときは、夫人《ふじん》のかわりに、シャーンが本の中からお話をえらんで、読んであげることにしました。

ドーラが言ったとおり、シャーロットはもう、窓辺《まどべ》に立って金ボタンみたいな星《ほし》を見あげることはありません。今では、トーマスの上着《うわぎ》についているほんものの金ボタンを、ながめていられるのですから。

そして、人形たちにとってなによりうれしいのは、カーリーがもどってきたことでした。あのモレロでさえ、カーリーのことをほめました。

「カーリー・ローリー、けっこううまく、やりましたね」

「えっへん。カーリー・ウォルター・ローリーと呼《よ》んでくれたまえ！」と、カーリーは胸《むね》を張《は》って答《こた》えました。

6

『五月四日、*セント・デービッズ引き出し教会にて……』

シャーンは、『人形の家新聞《しんぶん》』の号外《ごうがい》記事《きじ》を書いていました。

「セント・デービッズ引き出し教会？ そんな名前の教会、あるわけないだろ」と、ケネスがばかにしたように言いました。

「だって、ほんとに引き出しの中に教会があるんだもの」

たしかにそのとおりでした。マホガニーというどっしりした木でできたタンスの引き出しを、教会として使っていい、とお母さんが言ってくれたのです。

「セント・マーティンズ田園教会だってあるし、セント・メアリーズ森林教会だってあるんだから、

セント・デービッズ引き出し教会があったって、おかしくないでしょ」と、シャーンはケネスに言い返し、記事のつづきを書きました。

『……セント・デービッズ引き出し教会にて、ローリー大佐夫妻《たいさふさい》の長男、トーマスと、シャーロット嬢《じょう》の結婚式《けっこんしき》が……』

それはもう、見たことも聞いたこともないような、すばらしい結婚式《けっこんしき》になりそうでした。

「あのとき中止になった式より、ずっとずっと盛大《せいだい》なものにしたいの」と、シャーンが言うので、おねえさんのデビーも、せいいっぱい手伝《てつだ》ってあげることにしました。

ローリー家の結婚式《けっこんしき》は、海軍《かいぐん》と陸軍《りくぐん》が集《あつ》まるお祝《いわ》いです。人形の家と引き出し教会のあいだにしかれたじゅうたんの上には、式典《しきてん》の警護《けいご》にあたるため、ケネスの陸軍兵《りくぐんへい》人形と海軍兵《かいぐんへい》人形がずらりとならびました。幅《はば》の広いマホガニーの引き出しの中には、ちゃんと祭壇《さいだん》がしつらえてあります。シャーンが、小箱の上にレースのふち飾《かざ》りのついたハンカチをかけて作ったのです。

祭壇《さいだん》の上には、銀《ぎん》のろうそく立てと、さかさにした銀《ぎん》の指ぬきが二つ、置《お》いてありました。ろうそく立ては、人形の家の玄関《げんかん》にあったもので、誕生日《たんじょうび》ケーキ用の白いろうそくが立ててあります。指ぬきは、デビーとお母さんのもので、中にはヒナギクのつぼみがいっぱい入っていました。指ぬきはゲーム用の平たいコマの上にのせてありましたが、まわりを苔《こけ》でおおってあるので、コマは見えませ

＊ セント・デービッズはウェールズ南西部にある、古い町。十二世紀につくられた大聖堂《だいせいどう》がある。

ん。

貝殻《かいがら》のついた衣装箱《いしょうばこ》にずっとしまわれていたウェディングドレスは、まるで仕上《しあ》がったばかりのように、真っ白でした。白いサテンのリボンで作ったロングドレスで、うしろに長くすそを引くようになっています。式のとき、ドレスのすそを持つのは、カーリーの役目《やくめ》でした。ドレスのえりぐりとそで口《ぐち》には、水色の綿《めん》の刺繍糸《ししゅういと》で、ふちどりがされています。

「古いものに新しいもの、借《か》りたものに青いもの」と、デビーがうたうように言いました。結婚式《けっこんしき》でこの四つのものを身につけていると花嫁《はなよめ》はしあわせになれる、という言《い》い伝《つた》えがあるのです。

ウェディングドレスは『古いもの』ですが、ベールは、以前作ったものに穴《あな》が開《あ》いていたので『新しいもの』を用意《ようい》しました。シャーロットの使うハンカチは、ローリー夫人《ふじん》から『借《か》りたもの』です。シャーロット自身《じしん》のハンカチは、頭痛《ずつう》をやわらげるための香水《こうすい》のにおいがしみついていたので、結婚《けっこん》式《しき》では持っていたくありませんでした。そして、水色のふちどりと、青いワスレナグサをレースのリボンでたばねた花嫁《はなよめ》のブーケが、『青いもの』でした。

シャーンは、シャーロットと、花嫁《はなよめ》の父の役をつとめる大佐《たいさ》を両手で持《も》つと、長い引き出しの中をならんでゆっくり歩かせました。そのときのシャーロットは、言葉《ことば》では言いあらわせないほど、美しくかがやいていました。大佐《たいさ》も、花婿《はなむこ》のトーマスの衣装《いしょう》に負けないほどりっぱな、真新《まあたら》しい軍服《ぐんぷく》に身を包《つつ》んでいました。

「でも、剣《けん》はだれがつけるの？」と、準備《じゅんび》をしていたとき、シャーンが言いだしました。

「大佐《たいさ》にきまってるだろ。剣《けん》は大佐《たいさ》のものなんだから」と、ケネスが言いました。

「だけど、トーマスだって、ケーキを切るときに剣《けん》がいるのよ」と、シャーンが言いました。

「それに、花婿《はなむこ》さんだものね」と、デビーも言いました。

でも、だからといって、ローリー大佐《たいさ》が剣《けん》をゆずるのも、おかしなことに思えます。

「大佐《たいさ》はずっと、剣《けん》をつけられずにいたんだものね」と、シャーンは言いました。

ケネスの陸軍兵《りくぐんへい》人形や海軍兵《かいぐんへい》人形は、どれも剣《けん》を持っていません。ケネスによると、それは「戦闘服《せんとうふく》を着てるから」だそうです。

けっきょく、デビーがトーマス用の新しい剣《けん》を作ることになりました。デビーは銀色のクリップをまっすぐにのばすと、お父さんに、ペンチでできとうな長さに切ってもらいました。そして、片方《かたほう》のはしをヘアピンのように折《お》り曲《ま》げて剣《けん》のつかをつくり、銀色の糸を巻《ま》きつけました。そのあと、もう片方《かたほう》のはしをやすりでみがいてとがらせると、刃《は》がたいらではなく円筒形《えんとうけい》でしたけれど、トーマス用のりっぱな剣《けん》ができあがりました。

「トーマスは、えりのボタン穴《あな》にお花をつけなくていいの？」と、シャーンがたずねました。

「軍服《ぐんぷく》を着《き》てるのに、花なんかつけるわけないだろ」ケネスがあきれて言いました。

お姉《ねえ》さん人形のドーラは、花嫁《はなよめ》のつきそい役なので、シャーロットのうしろに立ちました。うね織《お》

りの絹《きぬ》で作ったうすもも色のドレスを着て、頭にはワスレナグサの花輪《はなわ》をのせています。ドーラのドレスにも、シャーロットのドレスと同じように、水色の綿《めん》の糸で、ふちどりがしてありました。

双子《ふたご》人形のパールとオパールは、花嫁《はなよめ》の前を歩いて花びらをまく、花娘《フラワーガール》の役《やく》でした。二人は、教会の入口にあたる引き出しのはしで左右に分かれて立ち、ヒナギクで作った花づなの両《りょう》はしを持《も》っています。双子《ふたご》のドレスは、デビーがピンクと青のリボンをぬいあわせて、何時間もかけて作ったものです。二人が腕《うで》にかけている、銀紙で作ったかごの中には、ワスレナグサとヒナギクの花びらが入っていました。

カーリーは、新しい水兵服《すいへいふく》を着《き》せてもらって、「うわあ、長ズボンだ！」と、大よろこびです。

カーリーは、泥《どろ》や、すすや、しみや、こびりついた塩《しお》を、みんなきれいに洗《あら》い落《お》としてもらいました。インゲン豆とトマトソースでかたまっていた髪《かみ》も、すっかりもとどおりになって、頭の上にちゃ

んとまっすぐ貼《は》りつけてあります。でも、かけてしまった手と、鼻《はな》の上の『名誉《めいよ》の負傷《ふしょう》』だけは、シャーンとデビーがどうがんばっても、もとにはもどせませんでした。

最前列《さいぜんれつ》にいるルイスさんとモレロも、新しい服を着《き》ていました。じっさい、お母さんとデビーだけでは手がたりなかったので、シャーンも朝から晩《ばん》まで、ぬいものを手伝《てつだ》ったのです。

参列席《さんれつせき》のうしろのほうには、ケネスの海軍兵《かいぐんへい》人形や陸軍兵《りくぐんへい》人形がたくさんいますし、引き出しに入る大きさのぬいぐるみたちも、席《せき》についています。おやしきの応接間《おうせつま》からは、チェルシー＊焼《や》きの男の羊飼《ひつじか》いと女の羊飼《ひつじか》いの人形が参列《さんれつ》していました。お母さんのおゆるしが出て、特別《とくべつ》に招待《しょうたい》されたのです。

シャーンは、この結婚式《けっこんしき》に、ベルトランもまねきました。船乗り学校の生徒《せいと》が人形の結婚式《けっこんしき》になんか来るわけない、とケネスは言いましたが、ベルトランはちゃんと来てくれました。それに、お祝《いわ》いとして、子ども部屋のプレーヤーでかけるようにと、結婚行進曲《けっこんこうしんきょく》のレコードまで持ってきてくれたのです。

「友だちのウワバミが、イギリスでは結婚式《けっこんしき》にこの曲をかーけるんだって、教《おし》えてくれたのです」と、ベルトランは言いました。

ケネスは、自慢《じまん》の駆逐艦《くちくかん》から礼砲《れいほう》を撃《う》ってくれましたし、トーマスとシャーロットが教会からもどるときに乗るように、アメリカ車の模型《もけい》も貸《か》してくれました。しかも、車に白いリボンを飾《かざ》ってもいい、と言ってくれたのです。

招待客《しょうたいきゃく》が多すぎて、人形の家にはとても入りきらないため、シャーンとデビーは、子ども部屋のテーブルをお庭に見立《みた》てて、野外パーティーを開くことにしました。ほんものの木のかわりにスイセンの鉢植《はちう》えを置《お》き、そのまわりに人形の家のいすをならべ、横のほうには、ごちそうをのせるテーブルをおきました。テーブルといっても、本を何冊《さつ》か重ねて、紙のテーブルクロスをかけたものです。テーブルクロスは、青色のちりめん紙の上に、切りぬき模様《もよう》をつけた白いちりめん紙を重ねて、デビーが作りました。同じ紙を小さく切って、テーブルクロスとおそろいのテーブルナプキンも作って、ならべてあります。

ごちそうは、ブロドウェン・オーエンさんの手づくりでした。ハタキを強くかけすぎたおわびのつもりなのでしょうか、ブロドウェン・オーエンさんはこの式のために、いまだかつてなかったほど、すばらしいごちそうを用意してくれました。

はたかれて飛《と》ばされたカーリーは、「ぼく、今思うと、飛《と》ばされてほんとうによかったよ」と言っています。

人形の家で出される食べものというのは、たいていはにせものです。ところが今回のごちそうは、小さいというだけで、なにもかもがほんものでした。一つ一つがパンくずほどの大きさしかないピン

＊　十八世紀《せいき》にロンドン郊外《こうがい》のチェルシーで作られた高級な磁器《じき》。

クと白のメレンゲ菓子《がし》や、シャツのボタンのように小さいクッキー、まち針《ばり》の頭くらいのジャムがのっているタルトに、指ぬきを型《かた》にして作ったゼリー。かりっと焼《や》きあがった丸いパンも、一センチくらいの大きさしかありません。

料理番《りょうりばん》は、キバナノクリンザクラで作ったお酒をひとびん、出してくれました。うす黄色のすきとおったお酒なので、シャンパンのように見えます。一滴《てき》ずつたらしただけで、人形用のワイングラスはどれも、いっぱいになりました。

でも、なによりすばらしかったのは、フルーツケーキを二段《だん》に重ねたウェディングケーキでしょう。ブロドウェン・オーエンさんが、干《ほ》しブドウや干《ほ》したサクランボを人形サイズに切りきざみ、二つの薬入れを型《かた》にして焼《や》きあげたものです。フルーツケーキは低《ひく》い温度でじっくり焼《や》くので、こげる心配はありません。焼《や》きあがると、ケーキの表面をマジパン*でうすくおおい、砂糖《さとう》ごろもの飾《かざ》りをつけました。

「ほんとうに、ほんもののウェディングケーキみたい！」と、シャーンは言いました。

ブロドウェン・オーエンさんは、デビーが作った小さな袋《ふくろ》に、かたまるまえのやわらかい砂糖《さとう》ごろものたねを入れ、うねうねとしぼり出してケーキに模様《もよう》をつけたあと、仕上《しあ》げに銀色の粉《こな》をふりかけました。

「銀色の飾《かざ》り玉《だま》では、大きすぎますからね」と、ブロドウェン・オーエンさんは言いました。

そして、下の段《だん》のケーキに、短く切りそろえた、あわい水色の誕生日《たんじょうび》ケーキ用のろうそくをぐるりと立てて、その上にもう一つのケーキをのせました。てっぺんを飾《かざ》ったのは、ほんもののワスレナグサの砂糖漬《さとうづ》けです。ブロドウェン・オーエンさんは、バラ水《すい》と白砂糖《しろざとう》をまぜたものにアラビアゴムを少し入れ、その中にワスレナグサの花をひたして砂糖漬《さとうづ》けを作りました。

クリップで作ったトーマスの剣《けん》は、刃《は》が丸くてよく切れなかったので、けっきょく、トーマスはローリー大佐《たいさ》の剣《けん》を借《か》りて、ケーキを切りわけました。

パーティーのあいだ、人形の楽団《がくだん》がずっと演奏《えんそう》をつづけていました。曲目は、子ども部屋のレコードプレーヤーから流れる音楽とまったく同じです。

ベルトランは、大佐《たいさ》の声を受けもち、「花嫁《はなよめ》のために！」と、乾杯《かんぱい》の音頭をとりました。人形たち全員と、もうすっかり顔なじみになってしまったようです。ケネスはトーマスの役をかってでて、大佐《たい》佐《さ》の乾杯《かんぱい》を受けました。そして、スルエリン家のお父さんも、花嫁《はなよめ》のつきそい役のドーラと、花《フラワー》娘《ガール》役《やく》のパールとオパールのために、「乾杯《かんぱい》！」と言いました。

今日は、男の人も、男の人形も、どちらもたくさん集《あつ》まっていました。ブロドウェン・オーエンさんにさそわれて、ダイ・エバンズさんまで、人形たちの結婚式《けっこんしき》を見に来ていたのです。

「あーあ、あの二人みたいになりたいもんだわ」と、モレロは思わず言いました。そして、デビーと

＊　アーモンドの粉と砂糖《さとう》を合わせて、ねったもの。やわらかくていろいろな形を作りやすく、お菓子の飾りに使われる。

シャーンが、ダイ・エバンズさんのような若《わか》い男の人形を、自分にも見つけてきてくれますようにと、ねがってみようかと、考えはじめました。

結婚《けっこん》のパーティーが終わると、シャーロットは、新婚旅行用《しんこんりょこうよう》の青いワンピースに着がえました。ワンピースとおそろいの色のコートには、毛皮に見立《みた》てた綿《わた》のふち飾《かざ》りがついています。シャーロットは、白い羽根のついた青い帽子《ぼうし》をかぶり、両手を綿《わた》のマフに入れました。トーマスが剣《けん》をはずして帽《ぼう》子《し》をかぶると、出発の準備完了《じゅんびかんりょう》です。参列者《さんれつしゃ》がワスレナグサの花びらを投げる中、二人は、ケネスの車で旅行《りょこう》に出かけました。

新婚旅行《しんこんりょこう》の行き先は、ロンドンでした。ちょうどこのあと、シャーンがロンドンのおばあさんの家へ、遊《あそ》びに行くことになっていたからです。

ロンドンへは、双子《ふたご》人形の一人、オパールもいっしょに行くことになりました。トーマスとシャーロットは、シャーンのお父さんから結婚式《けっこんしき》のお祝《いわ》いに五シリングもらったので、オパールのゴムをつけかえる費用《ひよう》を出してあげることにしたのです。

シャーンたちは、ほどなくロンドンからもどって来ました。そして、人形の家の二階《かい》のはしの、ずっとからっぽだった部屋《へや》には、シャーンがロンドンで注文《ちゅうもん》してきた、新品《しんぴん》の家具が入ることになりました。家具を買うお金は、結婚《けっこん》のお祝《いわ》いに、デビーが出してくれることになっています。

スルエリン家のお母さんは、シャーロットに、だれも見たことがないほど小さなイヤリングをプレゼントしました。銀色の糸の先に、ほんものの宝石《ほうせき》のかけらがついているイヤリングです。そのうえ、新しいベッドがとどいたらおふとんを作ってあげるわね、と約束《やくそく》してくれました。

ブロドウェン・オーエンさんは、人形の家のペットに、と言って、かごに入った子ねこを二匹《ひき》くれました。お菓子屋《かしや》さんで見つけたそうです。子ねこもかごも、シェニール糸という、ビロードのように毛羽立《けばだ》った飾《かざ》り糸

でできています。

シャーロットはトーマスに、ネクタイをあげました。シャーンがぬい針《ばり》で編《あ》んだネクタイです。シャーンは裁縫《さいほう》や編《あ》みものの腕《うで》をぐんぐんあげて、今では、おねえさんのデビーと同じくらい上手《じょうず》になりました。

そして、トーマスからシャーロットへのおくりものは、シャーンが鳴《な》らしたクラッカーの中から出てきた、小さなブリキのハートでした。

7

お母さん人形のローリー夫人《ふじん》が、バブちゃんのめんどうをみるようになったので、子守係《こもりがかり》のルイスさんの仕事はなくなってしまいました。

「用もないのに、どうしてこの家に置《お》いてもらえるんですかねえ?」と、メイドのモレロは、ルイスさんにいやみを言いました。モレロは、ルイスさんのことをずっとねたんでいて、早くおはらいばこになればいい、と思っているのです。

たしかに、今のルイスさんは、ゆりいすにすわっているよりほかに、することがありません。ローリー夫人《ふじん》にはバブちゃんの子守《こもり》をする時間がたっぷりありますし、人形の家の子どもたち——ドーラ、パールとオパール、それにカーリーが、みんなそろって学校に通《かよ》うようになったので、家庭教師《かていきょうし》

だったシャーロットもひまになり、ローリー夫《ふ》人《じん》を手伝《てつだ》うようになっていました。

子どもたちが通《かよ》っている人形用の学校セットは、シャーンの誕生日《たんじょうび》に、ロンドンのおばあさんが送ってくれたものです。学校は、子ども部屋のテーブルの上に置《お》いてありました。教室の中には、黒板や地図があり、教科書もそろっています。ただ、セットについていた教科書は、ドーラたちには大きすぎたので、人形の家の居《い》間《ま》で勉強していたときのものを使うことにしました。人形たちが学校で勉強するのは、九九や足《た》し算や引き算、国語、地理など、シャーンが好《す》きな科目《かもく》ばかりです。

カーリーもこういう科目《かもく》が大好《だいす》きでした。ベルトランが来年の秋から大学に通《かよ》う、という話を聞いてからは、ときどき、人形の家のおじいさん人形の角帽《かくぼう》をかぶって、大きくなったら大学に行くんだ、と言っています。ほこりまみれだった角帽《かくぼう》も、今はすっかりきれいになっていました。

ただ、カーリーがそんなことを言うのは、『人間の男の子ごっこ』をしているときだけで、ほんとうは、自分が人形で、いつまでも七歳《さい》でいられることが、楽しくてしかたないのです。人形の学校で勉強して、見晴《みは》らし台にのせてもらって、望遠鏡《ぼうえんきょう》をのぞいていればいいお人形のカーリー――正式には、カーリー・ウォルター・ローリー――でいるほうが、ずっといいと思っていました。

「うわあ、フランスが見えるよ！」望遠鏡《ぼうえんきょう》の先には、ほんとうにフランスが見えている、とカーリーは信《しん》じていました。

ウェールズから見ると、フランスは、イングランドとイギリス海峡《かいきょう》を越《こ》えたはるか先にある、とても遠い国なのですが、カーリーはそんなことは知りません。最近《さいきん》では調子《ちょうし》にのって、大げさなことばかり言うようになっていました。

「あっ、灰色《はいいろ》の戦艦《せんかん》がいっぱいやって来たぞ！」と、カーリーが声をあげたときも、それは、ただのイルカの群《む》れでした。

「うわあ、でっかい戦闘機《せんとうき》だ！」とさけんだときは、たまたまハエが望遠鏡《ぼうえんきょう》のレンズの上をはっていただけのこと。もちろん、望遠鏡《ぼうえんきょう》のすぐむこうにいたのですから、ものすごく巨大《きょだい》に見えたのでしょう。

「ぼくの制服《せいふく》は長ズボンだから、ぼくもちゃんとした海軍《かいぐん》の一員《いちいん》なんだ。つぎは、トーマス兄《にい》さんみたいに、クリップの剣《けん》をもらうぞ！」と、カーリーはとくいげに言いました。

お父さんとお兄《にい》さんがそばにいて、カーリーが調子《ちょうし》にのりすぎたら注意してくれるのは、いいことかもしれません。

「それにカーリーは、ルイスさんの言うこともよく聞くわ。ルイスさんのことは、とくべつだと思っているもの」と、シャーンが言いました。

「へえー、いすにすわって、ゆらゆらゆれているだけの人形なのに！」と、モレロが、にくまれ口をたたきました。

でも、ルイスさんは気にもとめません。

「しんぼう、しんぼう」と、ルイスさんはつぶやきました。どうやら、なにかをじっと待《ま》っているようです。


船乗り学校の研修《けんしゅう》はすべて終わり、ベルトランはフランスへ帰っていきました。

けっきょく、ウワバミが最優秀賞《さいゆうしゅうしょう》の金メダルにかがやき、ベルトランは最下位《さいかい》グループの一人という結果《けっか》でした。でも、ベルトランの心は、ふしぎに晴《は》ればれとしていました。なにしろ、ベルトランのサイン帳《ちょう》には、仲間《なかま》の生徒《せいと》の住所と名前が、いちばん多く書かれていたのですから。

「フランス人はおまえ一人だけだったもんな。つらかっただろ」と、ウワバミが言ってくれました。

「それを言うなら、カエールはぼく一匹《びき》だけだった、でしょ?」ベルトランは、そう言って、うれしそうに笑《わら》いました。

フジツボ校長も、ベルトランをほめてくれました。

「ベルトラン・レセップス、よくがんばったな。出だしはかなり苦労《くろう》していたが、ここまでやれたとは、たいしたものだ。あとから挽回《ばんかい》するのは、最初《さいしょ》から順調《じゅんちょう》にやっていくより、ずっとたいへんなことだからな」

校長先生は、ベルトランがよくやったという報告《ほうこく》の手紙を、ロンドンのおじさんに送っておく、と約束《やくそく》してくれました。その言葉《ことば》を聞いたベルトランは、どんな賞状《しょうじょう》をもらったときよりも、誇《ほこ》らしい気持ちになりました。

「なにもかも、小さな船乗り人形が幸運《こううん》を運《はこ》んできてくれたおかげーなんです」と、ベルトランは校長先生に言いました。

しばらくして、シャーンあてに、ベルトランのお母さんから手紙がとどきました。夏になったら、フランスへ遊《あそ》びに来てください、マリー・フランスが楽しみにしているので、ぜひカーリーもごいっしょに、という招待状《しょうたいじょう》でした。

「でも、あたし、フランス語《ご》ができないわ」と、シャーンは心配そうでしたが、同封《どうふう》されていたベルトランからの手紙には、こうありました。

『ぼくがフランス語《ご》を教《おし》えてあげるから、かわりにウェールズ語《ご》を教《おし》えてくれる？ そうすれば、ぼくも、わが家《や》のルイスさんに話しかけることができるので』

ベルトランは、妹のマリー・フランスへのおみやげに、ルイスさんにそっくりなウェールズ人形を買って帰ったのです。

「あたし、ベルトランに、人形の家にある角帽《かくぼう》を持っていってあげるの。大学へ行くときのお守《まも》りになるでしょ」と、シャーンは言いました。

大佐《たいさ》の剣《けん》は、今でも食堂《しょくどう》の暖炉《だんろ》の上につるしてあります。でも、舞踏会《ぶとうかい》やパーティーや、ケネスの兵隊《へいたい》人形の行進を監視《かんし》するときには必要《ひつよう》なので、シャーンはしょっちゅうかべからとって、大佐《たいさ》の腰《こし》につけてあげています。

ケネスは、妹のシャーンをすっかり見直したようです。なにしろシャーンは、ベルトランの友だちで、フランスへ招待《しょうたい》されたのですから。

クリップで作ったトーマスの剣《けん》は、トーマスとシャーロットの寝室《しんしつ》に置《お》いてあります。

このところ、玄関《げんかん》の魚とりあみにはよく、ほんものの砂《すな》と海草の切れはしがからまっているようになりました。人形たちは、浜辺《はまべ》へ行くようになり、そのたびにトーマスとカーリーがあみを使うからです。「でも、ぜったいに砂丘《さきゅう》へは行かないわ」と、シャーンは言っています。

人形の家の中には、男の人形と男の子人形に必要なものが、あれこれふえました。デビーが小枝《こえだ》をけずって大佐《たいさ》のために作ってあげたパイプもありますし、むかしデビーがもらったミニチュアのクリケットのバットも、トーマス用に人形の家に入れました。そして、カーリーがビー玉遊《あそ》びに使う、丸い花の種《たね》も――。

「まったく、かたづけてもかたづけても、ちらかすんですからねえ」と、モレロがぶつぶつ言いました。でも、モレロは、かたづけなどしたことがないのですから、そんなことを言うのはおかしな話です。

「まったく、男の子、男の子って、もううんざり！」と、モレロは言いました。

「ええ、ええ、男の子、男の子、男の子よ」と、ルイスさんがつぶやきました。

そのとき、だれかがさわったのでしょう、ルイスさんのゆりいすが、とつぜん、ゆらゆらとゆれはじめました。

ある日、シャーンは、シャーロットをベッドに寝《ね》かせたままにしました。

「もうお昼だよ」とカーリーがさわぐので、お姉《ねえ》さん人形のドーラは「しーっ！」と言いました。

「なんでこんなときに、しーっ、なの？」と、カーリーは目を丸くしてドーラにたずねました。

「シャーロットは、また頭が痛《いた》いの？」と、パールがたずねました。

でも、シャーロットはもう、頭痛《ずつう》をおこさなくなったはずです。

「また胸《むね》が痛《いた》いの？」と、オパールがたずねました。

いいえ、そんなはずはありません。

いっぽうトーマスは、大佐《たいさ》とローリー夫人《ふじん》のいる応接間《おうせつま》にうつされました。

ケネスは、お父さんの帽子《ぼうし》をかぶって、お医者《いしゃ》さんのふりをしています。シャーンはまじめくさった顔で、あわただしくなにかしていましたが、やがてルイスさんをゆりいすからおろして、黒いエプロンの上に、モレロの白いエプロンを着せてから、シャーロットが寝《ね》ている二階《かい》の部屋にうつしました。

「あたしのエプロンなんですよ！」と、モレロはくやしがりました。

「さあ、お湯をたっぷり用意しないと。ほらほら、あんたが台所にいても、じゃまなだけだよ」と、二階《かい》へあがるまえに、ルイスさんはモレロに言いました。それで、モレロはすぐに、子どもたちがいる居間《いま》へうつされてしまったのです。

「ねえ、なにが始まるの？」と、カーリーがたずねました。

「しーっ、静かに！」と、ドーラが言うと、こんどはパールとオパールも「しーっ！」とまねをしました。でも、カーリーはだまっていられません。

「ねえ、ねえ、ほんとに、なにがおきるの？」

「たぶん、赤ちゃんが生まれるのよ」と、ドーラがようやく言いました。

これには、双子《ふたご》もびっくりです。

「赤ちゃんって、どういうこと？」

「バブちゃんじゃなくて？」

「こんどの赤ちゃんは、シャーロットの赤ちゃんになるのよ」と、ドーラは答《こた》えました。

「シャーロットの赤ちゃん？ うわあ、すごーい！ やったー！」カーリーと双子《ふたご》は大よろこびです。

そのとき、いっしょに居間《いま》にいたモレロが暗《くら》い声で、ぼそっとつぶやきました。

「きっとまた、女の子ですよ」

「女の子？ 赤ちゃんは女の子なの？」カーリーたちはドーラにたずねました。

「わからないわ。まだ、生まれてないんだもの」と、ドーラ。

「じゃあ、生まれるのはどっち？」

「女の子ですってば」と、モレロは言いはりました。

「なんでわかるの？」パールがたずねました。

「どうしてわかるの？」オパールもたずねました。

「知らないくせに」と、カーリーはぴしゃりと言いました。

「知っていますとも。だって、ブロドウェン・オーエンさんがシャーンに言ってたのを、あたし、聞いたんですからね。今朝《けさ》、おもてでカササギを三羽《ば》見たって」

モレロはそう言うと、カササギの数《かぞ》え歌《うた》を、いやみったらしく口ずさみました。

「一羽《わ》なーら、悲しみが、
二羽《わ》なーら、よろこびが、
三羽《ば》なーら、女の子、
四羽《わ》なーら、男の子……」

「ぜったいに四羽《わ》じゃなかったって？」カーリーはモレロをといただしました。

「ええ、まちがいなく三羽《ば》って言ってましたよ」

そのしゅんかん、カーリーは、できることなら指を耳につっこんで、ふさぎたくなりました。

「それが一つめのしるしですよ」と、モレロはつづけました。

「それから、今朝《けさ》、子ども部屋で最初《さいしょ》にしゃべったのは、シャーンでしたからね。男の子のケネスじゃなく、女の子のシャーンだったんですよ。これが二つめのしるし。最後《さいご》は、ゆりかごがピンク色だってこと。これで三つ」

「でも、ゆりかごはバブちゃんのものよ」と、パールが言いました。

「そうよ、ずっとバブちゃんのものだったのよ」と、オパールも言いました。

「じゃあ、ほかにゆりかごがあるって言うんですか？　いったいどこに？」

そして、モレロは、勝《か》ち誇《ほこ》ったような声で言いきりました。「しるしが三つあれば、確実《かくじつ》ですよ。赤んぼうは女の子にまちがいありません」

「でも、ぼくは、男の赤ちゃんがいいよ！」と、カーリーは泣《な》きそうな声で言いました。

「あらあら、そんな無理難題《むりなんだい》を言われてもねえ」と、モレロ。

カーリーは、『無理難題《むりなんだい》』の意味がわかりませんでした。でも、モレロはどうせ、女の子が生まれると言いたいだけなのでしょう。

人形は、腹《はら》をたてたり、だれかのことをにくらしいと思ったりしても、どうすることもできません。人間の子どもだったらしかめっつらをするとか、あかんべえをするとかして、いやだという気持ちをあらわすことができます。なかには悪口を言ったり、相手《あいて》をたたいたり、つねったり、けとばしたりする子もいるでしょう。（もちろん、そんなことをするのは、おぎょうぎの悪い子だけですが。）

とにかく、人形は、どんなに腹《はら》がたっても、がまんしなくてはなりません。カーリーのように、にっこり笑《わら》った顔の人形なら、ずっとにこにこしているしかないのです。なにがあっても、どんなにつらくても、いつも同じ顔でいなければなりません。そこが人形のいいところかもしれませんが、おもてに出せないぶん、人形の中で怒《いか》りがどんどんふくらんでしまうこともあるのです。

今、カーリーは、頭の中を針《はり》でちくちく刺《さ》されているような気分でした。目の前はもえるような炎《ほのお》の色にそまっています。もし、せとものの歯がついていたなら、ギシギシと歯ぎしりしたいくらいでした。

『モレロの言うことを、気にしちゃいけませんよ。ああいう性格《せいかく》なんですから……なにを言われても、ほっときなさい』と、まえにローリー夫人《ふじん》に言われたことも、かんかんになっていたせいで、すっかり忘《わす》れていました。

「モレロなんか大きらいだ。いつだって、ぶちこわすようなことばっかり言ってさ……なんでもかんでも……悪いほうに悪いほうにとって、だめにしちゃうんだ！」カーリーにはもう、なにもかもモレロのせいなんだとしか思えません。

「ぼくだって女の子は好《す》きだよ。大好《だいす》きだよ。だけど、この家にはもう一人、男の子がいたほうがいいよ。赤ちゃんは、男の子じゃなきゃいやなんだ！」

カーリーは、今にも体がこなごなになりそうな気がしました。と、そのとき、だれかの声が聞こえてきました。ドーラのでも、パールとオパールのでも、もちろん、モレロの声でもありません。

「見て、カーリー、見てごらん。ほら、カーリー、見てごらんよ」それは、ルイスさんの声でした。

「見て、カーリー。ほら見て、見て、見て！」と、女の子人形たちもいっしょになって、うれしそうに呼《よ》んでいます。

カーリーの頭の中で、針《はり》のちくちくが消え、目の前がまっ赤になるほどの怒《いか》りも、ゆっくりと引いていきました。カーリーは、できることなら両手で目をこすりたいくらいでした。今見ているものが、信《しん》じられなかったからです。

居間《いま》の入口に、ルイスさんが立っていました。そして、その前には……水色のゆりかごが二つあります！

「二つだ……」と、カーリーはささやきました。

「そうよ、二つよ」と、パールが言いました。

「水色のゆりかごだ……」と、カーリーはまたささやきました。

「そうよ。水色のゆりかごが二つよ」と、オパールが言ったあと、ドーラがつづけました。

「シャーロットに、双子《ふたご》の男の子が生まれたのよ」

たしかに、どちらのゆりかごの中にも、見たこともないほど小さな赤ちゃん人形が寝《ね》かされていま

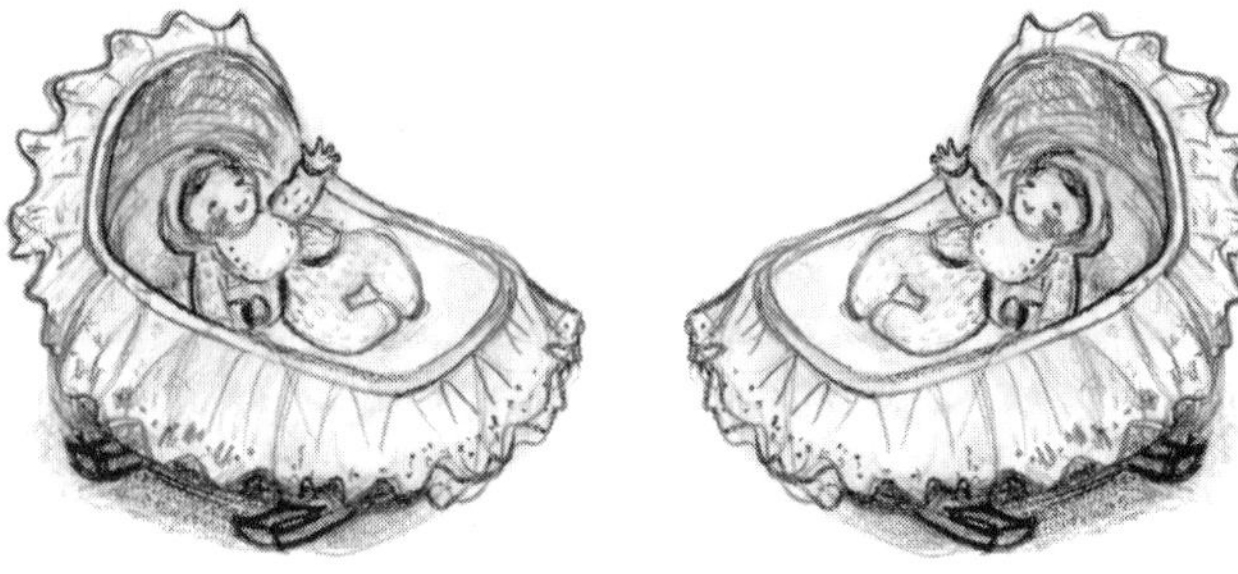

した。赤ちゃんたちは、バブちゃんのようなピンク色のやわらかい布《ぬの》ではなく、かたくてじょうぶなものでできています。頭には金色の絵の具で髪《かみ》が描《か》かれていて、瞳《ひとみ》は青く、小さな手はピンク色です。二人の赤ちゃんは、どこをとっても、まさにうり二つでした。白い毛糸で編《あ》んだ上着とズボンには、青い毛糸でふちどりがしてあり、びっくりするほど小さなよだれかけには、いちばん細いレースのふち飾《かざ》りがついていました。

カーリーは、赤ちゃんたちを、ほんとうに穴《あな》が開《あ》くほど見つめました。

そのあいだに、シャーンは、大佐《たいさ》とローリー夫人《ふじん》とトーマスを、応接間《おうせつま》から居間《いま》へうつしました。

「双子《ふたご》の男の子とは!」と、おどろいている大佐《たいさ》とトーマスに、ローリー夫人《ふじん》がすまして言いました。

「あら、双子《ふたご》は、うちの家系《かけい》ですわよ」

「赤ちゃんたちの名前はカーリーにきめさせてあげましょうよ。この子たちのお父さんのトーマスが帰ってきたのは、やっぱりカーリーのおかげだもの」と、デビーがシャーンに言いました。

「そうよ。そうよ。さあ、シャーン、カーリーといっしょに、いい名前を考えて!」と、人形たちも声をそろえました。

でも、カーリーとシャーンは、あれこれ考える必要《ひつよう》などありませんでした。名前は、もうきまっていたのです。カーリーは胸《むね》を張《は》って言いました。

「この子たちの名前は、ホレイショー・ネルソン・ローリーと、*フランシス・ドレイク・ローリーだよ」

どちらの名前も、イギリスの勇敢《ゆうかん》な海の男にちなんだものでした。

＊ イギリスの航海者《こうかいしゃ》・海軍中将《ちゅうじょう》（一五四三?〜九六）。イギリス人としてはじめて、船で世界を一周した。

訳者あとがき

『帰ってきた船乗り人形』（以下『船乗り人形』）、楽しんでいただけたでしょうか？

この物語は、イギリス（英国《えいこく》）のウェールズにある港町《みなとまち》、ペンヘリグに暮《く》らす女の子シャーンの人形の家から始まります。この人形の家には、女の人形ばかりで、男の人形はいませんでした。そこに、水兵服《すいへいふく》を着た元気な男の子、船乗り人形のカーリーがやって来ます。小さいながらも勇敢《ゆうかん》なカーリーは、人形一家の悲しい秘密《ひみつ》を知り、いなくなった人形たちをさがし出すことを誓《ちか》います。

同じころ、フランス人の少年ベルトランは、ペンヘリグにある船乗り学校で、つらい日々をすごしていました。そして、あるきっかけからベルトランはカーリーと出会い、二人は海へ乗り出すことになりますが……？

この本の作者、ルーマー・ゴッデン（一九〇七―九八）は、イギリスの小説家《しょうせつか》です。

日本では子どもの本の作家として親しまれ、代表作『人形の家』（瀬田貞二訳・岩波書店刊）は、児童文学の古典になっています。『人形の家』は、ゴッデンがはじめて子ども向けに書いた作品で、人形一家の悲劇《ひげき》を描《えが》いたものですが、そこには、子どもの本であっても「真実《しんじつ》」を書くことをつらぬきたいという、ゴッデンの強い意志がうかがえます。そして、『人形の家』から十七年後、この『船乗り人形』で、ゴッデンはふたたび人形一家の物語を書きました。そのあいだに、大人の小説《しょうせつ》と子ども向けのお話を八冊《さつ》ずつ発表しています。

子どもの本を書く経験《けいけん》を重《かさ》ねた結果でしょうか、『船乗り人形』は、子どもの成長がていねいに描《えが》かれ、結末はしあわせに満《み》ち、より児童文学らしい作品に仕上がっているように思えます。しかも、たくみな物語構成《こうせい》と、「真実」を書くことにこだわる姿勢《しせい》は、少しも変わっていません。

このお話の舞台《ぶたい》、ウェールズは、イギリスの一地方です。シャーンや人形たちが暮《く》らすペンヘリグは、ゴッデンが当時住んでいたロンドンからは、はるか遠くの町でした。この町とゴッデンは、いったいどんなつながりがあるのか、献辞《けんじ》の「ペンヘリグで生まれたマーク」というのはだれなのか――この二つの疑問《ぎもん》をかかえながら資料《しりょう》を読んでいると、ゴッデンの上の娘《むすめ》ジェーン（ウェールズ語ではシャーンです！）が、結婚後《けっこんご》ウェールズに移《うつ》り住み、マークという男の子を出産《しゅっさん》した、という記述《きじゅつ》が目にとまりました。一九五九年、『船乗り人形』が出版《しゅっぱん》される五年前のことです。

四人姉妹《しまい》で育ち、子どもも娘《むすめ》二人というゴッデンの境遇《きょうぐう》は、「女ばかり」の人形一家にどこか似ています。ですから、初孫《はつまご》に男の子が誕生《たんじょう》したときは、どんなにうれしかったことでしょう。孫《まご》に会うためウェールズを訪《おとず》れ、この物語のヒントを得《え》たゴッデンが、楽しげに筆《ふで》をすすめるすがたが目に浮《う》かびます。大都会ロンドンとはまるで別世界の小さな港町《みなとまち》の風景、そこに生きる素朴《そぼく》な人々の生活は、ゴッデンの興味《きょうみ》をかきたてたにちがいありません。

ゴッデンは、生まれてすぐに家族とともにインドへわたり、異文化《いぶんか》の中、裕福《ゆうふく》な家庭でのびのび育ちました。そして、十二歳《さい》のとき姉と二人で帰国し、イギリスの学校に入るのですが、集団生活になじめず、とてもつらい思いをしたそうです。イギリス人の男の子たちからのけものにされるフランス人の少年、ベルトランのすがたは、このときの経験《けいけん》と重《かさ》なっているのかもしれません。

ゴッデンは、人形や人形の家をテーマにした作品を十冊《さつ》以上書きました。ヨーロッパの家庭では、人形の家は、長い時間をかけて人形やさまざまな道具をそろえ、代々《だいだい》受けついでいく宝物《たからもの》であると同時に、子どもたちの大切な遊び道具です。ゴッデンは作品の中で、子どもが人形の思いに気づき、たがいに心を通《かよ》わせることで、問題や障害《しょうがい》を乗りこえていくようすを生き生きと描《えが》いています。小さな読者からのファンレターを心待《こころま》ちにし、せっせと返事を書いていたというゴッデン。そういった手紙の中にも、子どもたちと人形たちとの楽しい物語が、いっぱいつまっていたことでしょう。

人形の家の中にある小さな道具や、人形たちそれぞれのすがた形の細《こま》かい描写《びょうしゃ》は、この本の大きな魅力《みりょく》です。挿絵《さしえ》のたかおゆうこさんは、人形の家の模型《もけい》まで作ってスケッチをしながら、緻密《ちみつ》で楽しい絵をたくさん描《か》いてくれました。人形の家の内部を描《か》いた絵などは、じっくり（虫めがねで！）のぞいてみたくなりませんか？

物語に登場する、日本の読者になじみのない用語・フランス語のせりふなどについては、注を入れ、また、さしさわりのない範囲《はんい》で、わかりやすい表現に変えたことをおことわりいたします。

翻訳《ほんやく》の過程《かてい》では、多くの方のお世話になりました。帆船《はんせん》の航海士《こうかいし》であり、二人の男の子のよきお父さんでもある奥知樹さん、横浜マリタイムミュージアムの神谷有紀さん、挿絵《さしえ》の取材にご協力いただいた、㈱リビエラリゾートのシナーラ号船長の古川昌弘さん、挿絵《さしえ》のたかおゆうこさん、編集《へんしゅう》の盛山典子さん、何度も助け舟《ぶね》を出してくれた上村令さん、この本を訳すきっかけをあたえてくれた米田佳代子さん、ほんとうにありがとうございました。

そして、最後まで読んでくださったみなさんに、心からの感謝を。

おびかゆうこ

二〇〇七年二月

【訳者】
おびかゆうこ（小比賀優子）
東京都生まれ。国際基督教大学教養学部語学科卒。出版社勤務、ドイツ留学を経て、現在は成人に英語を教えるかたわら、児童書の翻訳や絵本の創作にたずさわっている。主な訳書に『ビアトリクス・ポター』（ほるぷ出版）、『ねずみの家』『いつまでもベストフレンド』『夏の終わりに』『すきすきちゅー！』『ぼく、ふゆのきらきらをみつけたよ』（以上徳間書店）など。

【画家】
たかおゆうこ（高尾裕子）
多摩美術大学グラフィックデザイン科卒。大手玩具メーカーの企画デザイン室を経て、渡米。アメリカでカリグラフィー、水彩画、銅版画などを学ぶ。帰国後、グリーティングカード、広告、雑誌、絵本の分野の仕事を手がける。主な絵本に『ハムスターのハモ』（福音館書店）、『ふゆの日のコンサート』（架空社）、挿絵の仕事に『家の中では、とばないで！』『ねずみの家』『池のほとりのなかまたち』（以上徳間書店）など。

【帰ってきた船乗り人形】
HOME IS THE SAILOR
ルーマー・ゴッデン作
おびかゆうこ訳 Translation © 2007 Yuko Obika
たかおゆうこ絵 Illustrations © 2007 Yuko Takao
256p, 22cm NDC933

帰ってきた船乗り人形
2007年 4 月30日　初版発行

訳者：おびかゆうこ
画家：たかおゆうこ
装丁：森枝雄司
フォーマット：前田浩志・横濱順美

発行人：松下武義
発行所：株式会社 徳間書店
〒105-8055 東京都港区芝大門 2-2-1
Tel.（048）451-5960（販売）（03）5403-4347（児童書編集） 振替00140-0-44392
本文印刷：日経印刷株式会社　カバー印刷：株式会社トミナガ
製本：大口製本印刷株式会社
Published by TOKUMA SHOTEN PUBLISHING CO., LTD., Tokyo, Japan.　Printed in Japan.
徳間書店子どもの本のホームページ　http://www.tokuma.co.jp/kodomonohon/

ISBN978-4-19-862326-5